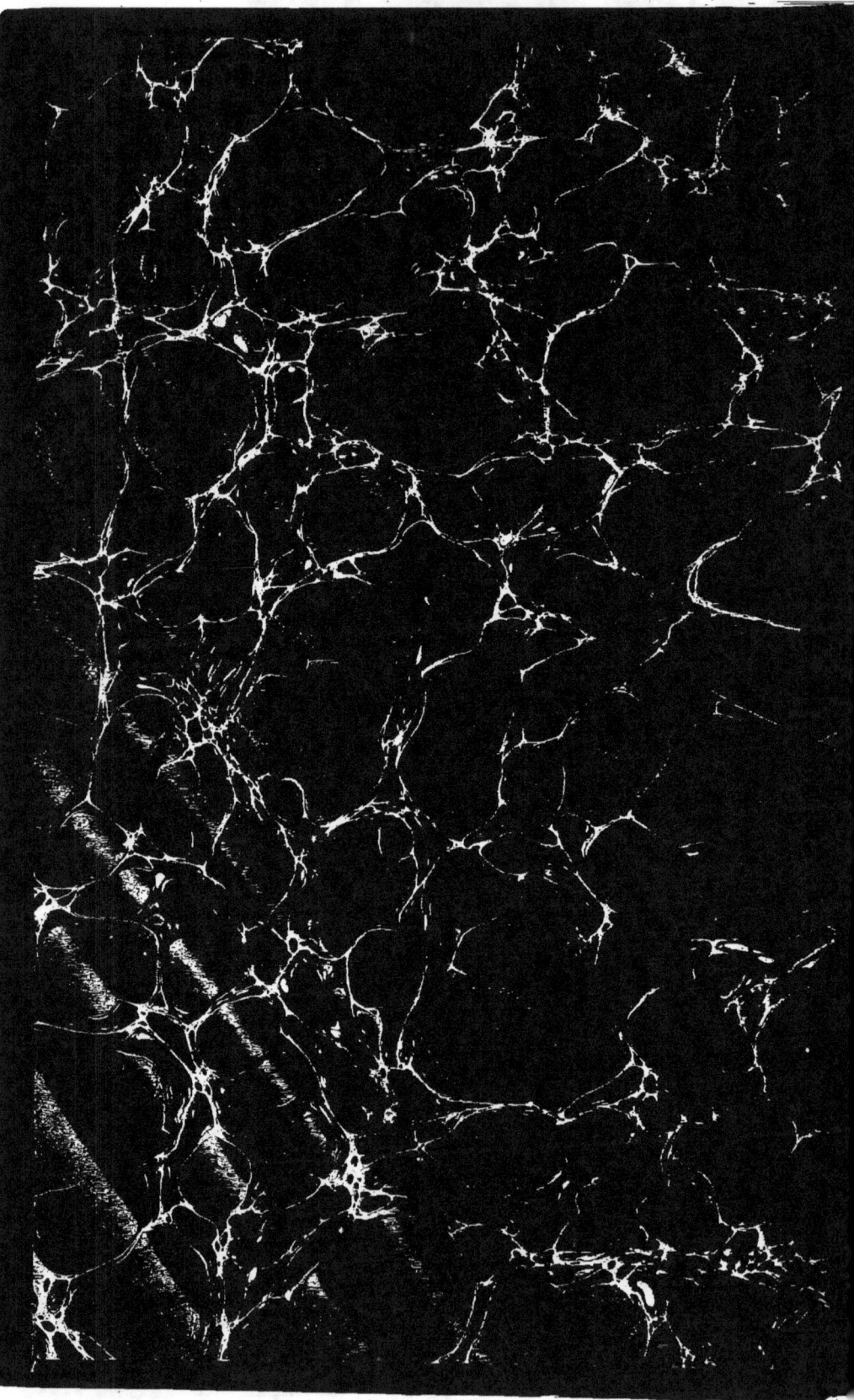

# DE LA RHÉTORIQUE

## D'ARISTOTE

# DE
# LA RHÉTORIQUE
# D'ARISTOTE

## THÈSE
### PRÉSENTÉE A LA FACULTÉ DES LETTRES DE PARIS

PAR

### ERNEST HAVET
LICENCIÉ, ANCIEN ÉLÈVE DE L'ÉCOLE NORMALE

Αἱ γὰρ πίστεις ἔντεχνόν ἐστι μόνον,
τὰ δ' ἄλλα προσθῆκαι.
ARISTOTE, *Rhét.*, 1, 1

## A PARIS
### DE L'IMPRIMERIE DE CRAPELET
RUE DE VAUGIRARD, 9

1843

A MON CHER MAITRE

# MONSIEUR J. W. RINN

MAITRE DE CONFÉRENCES A L'ÉCOLE NORMALE
PROFESSEUR DE RHÉTORIQUE
AU COLLÉGE ROYAL LOUIS LE GRAND

## HOMMAGE

DE RESPECT ET DE RECONNAISSANCE

# DE LA

# RHÉTORIQUE D'ARISTOTE.

Αἱ γὰρ πίστεις ἔντεχνόν ἐστι μόνον,
τὰ δ' ἄλλα προσθῆκαι.
ARISTOTE, Rhét., I, 1.

---

## INTRODUCTION.

J'ai pour objet dans cette thèse de rechercher quelle utilité on peut retirer aujourd'hui de la Rhétorique d'Aristote, et je me propose pour cela, non pas d'étudier les détails de cette Rhétorique, mais d'en développer la méthode. Cette méthode, qui n'est plus celle des Rhétoriques postérieures, et qui fait l'originalité de celle d'Aristote, fait aussi sa supériorité; c'est par là qu'elle est encore aujourd'hui neuve et féconde. Je ne crains pas de dire que c'est la seule philosophique, et par conséquent la seule vraie que l'antiquité nous ait transmise. Dans un temps où la rhétorique artificielle des rhéteurs semble abandonnée et n'impose plus aux esprits, où on demande surtout à l'orateur d'être pressant et fort, où on se pique de préférer des raisons à des phrases, le traité d'Aristote doit être le livre classique de tous ceux qui veulent apprendre l'art de persuader par le

1

discours. Je ne dis pas qu'il faille le traduire mot à
mot pour nos écoles, et l'y faire réciter par cœur :
c'est l'esprit qu'il importe de recueillir, et non la
lettre, qui pourrait rebuter quelquefois. Ce qui est
plus praticable, et ce qui vaut mieux, c'est de se
pénétrer de la philosophie qui est dans ce livre, de
s'approprier ces procédés d'une observation délicate
et pénétrante, et de les faire passer dans la pratique
de l'enseignement et dans le travail habituel de la
culture de l'esprit. J'entre avec cette pensée dans
l'étude de la Rhétorique d'Aristote, et je rappellerai
d'abord dans quel temps et dans quelles circonstances
cet ouvrage a été composé.

### Date de la Rhétorique d'Aristote.

Nous avons un écrit de Denys d'Halicarnasse, la
première lettre à Ammæus, dans lequel il a tâché de
déterminer la date de la Rhétorique d'Aristote. C'est
pour répondre à un péripatéticien qui soutenait que
Démosthène fut redevable de son éloquence aux en-
seignements du philosophe. Denys fait voir que non-
seulement le talent de Démosthène était formé à
l'époque où fut écrite la Rhétorique, mais que tous
ses discours les plus célèbres étaient déjà prononcés.
Il montre qu'Aristote n'a guère pu écrire cet ouvrage
que dans les dix années qu'il passa à Athènes, ensei-
gnant au Lycée, depuis le départ d'Alexandre pour
la Perse jusqu'à la mort du conquérant, c'est-à-dire
de 334 à 324. Ce fut un de ses derniers écrits, car
on y trouve cités les Analytiques et les Topiques.

(Denys pouvait ajouter, la Politique et la Poétique.)
On y trouve plusieurs allusions aux événements de la
guerre contre Philippe, dont l'une (II, 23, 5) se
rapporte à l'année même de la bataille de Chéronée,
338. Enfin Denys pense que l'ouvrage est postérieur
au discours sur la Couronne, qui fut prononcé en
330, et qu'il croit désigné par ces mots : οἷον ἡ περὶ
Δημοσθένους δίκη (II, 23, 3) [1].

Il ne faut pas croire que Denys d'Halicarnasse, en
établissant ce fait, prétendit nier l'influence de la
rhétorique sur l'éloquence. Sa pensée n'est pas si
hardie. Il ne se propose que de rabaisser l'orgueil de
ce péripatéticien qui, faisant honneur à un philosophe de l'habileté acquise par Démosthène, semblait

---

[1] Plusieurs des assertions de Denys sont contestées, par des
raisons qui ne me paraissent pas bien solides, dans une dissertation intitulée : *Commentatio de tempore quo ab Aristotele libri
de Arte rhetorica conscripti et editi sint.* (Scr. Max. Schmidt,
Halis Sax. 1837.) Cependant l'auteur conclut comme Denys, et
rapporte à la même date que le critique grec la publication
définitive de la Rhétorique. Il croit seulement que l'ouvrage a
été conçu beaucoup plus tôt, et qu'on y rencontre encore des
traces de ce travail antérieur.

Dans un *Specimen commentariorum in Aristotelis libros de
Arte rhetorica* (1839), qui est un essai très-remarquable, M. Spengel indique, comme contribuant à déterminer la date de la
Rhétorique, un autre passage (II, 23, 17, καὶ τὸ μετέχειν τῆς
κοινῆς εἰρήνης), où il voit une allusion à l'alliance conclue, après
la mort de Philippe, entre Alexandre et les Grecs, à l'exception
des Lacédémoniens. — Si la Rhétorique a été publiée si tard,
d'où vient qu'Aristote ne cite jamais rien du Panathénaïque
d'Isocrate? M. Spengel pense qu'il ne l'a pas connu. Cette sup-
position ne paraît pas nécessaire.

ne tenir aucun compte des leçons qu'il pouvait avoir
reçues des vrais rhéteurs. La cause des rhéteurs étant
celle de Denys, il l'a défendue. C'est un professeur
d'éloquence qui soutient la valeur de son art contre
un maître de philosophie; voilà à quoi se réduit le
débat. Si, en effet, ce n'est pas dans la Rhétorique
d'Aristote que Démosthène a appris son métier,
c'est, suivant Denys, dans certaines autres méthodes
sur lesquelles il s'expliquera dans un nouveau traité.
Il est fâcheux qu'il n'ait pas tenu cette promesse,
et qu'ayant surpris le secret du grand orateur, il ne
nous l'ait pas communiqué. Une pareille thèse eût
été plus intéressante que celle qu'il a soutenue,
mais aussi plus difficile; car n'est-il pas naturel de
penser qu'on ne peut expliquer Démosthène par aucune méthode particulière? et qu'en analysant, par
exemple, le discours pour la Couronne, on n'y re-
trouvera pas la Rhétorique de tel ou tel maître, mais
seulement cette rhétorique personnelle, mobile, in-
saisissable, que l'orateur exercé a toujours à sa disposition, comme un homme adroit et vigoureux
porte partout avec lui sa vigueur et son adresse.

Cette adresse cependant avait été cultivée par des
études et par des leçons, et si on se borne à dire
d'une manière générale que la rhétorique n'a pas été
inutile pour former un Démosthène, et pour ame-
ner à cette maturité l'éloquence attique, on sera, je
crois, dans la vérité. La pensée de Cicéron, que
l'art est né du talent, et non le talent de l'art, est
plus piquante que rigoureusement exacte. L'art et
le talent s'accroissent ensemble, puisque l'art n'est

que la conscience que le talent a de lui-même, et la
réflexion qu'il applique à ce qu'il fait. C'est l'histoire de l'enclume et du marteau; l'un ne s'est pas
fait sans l'autre. Remontons au cinquième siècle;
nous voyons paraître à la fois dans la Grèce les premiers orateurs et les premiers rhéteurs. Car il ne faut
pas confondre l'orateur et l'homme éloquent : Solon
était un homme éloquent; il y a une éloquence sublime dans Homère. Mais il n'y a des orateurs et de
véritables harangues qu'au temps des Périclès et des
Alcibiade, qui est aussi celui des Corax et des Tisias.
Ce n'est qu'après l'arrivée de Gorgias à Athènes que
l'on compose des discours écrits; et ceux qui écrivent
ces discours, les Antiphon, les Lysias, sont aussi des
maîtres de rhétorique. Plus tard, il en est ainsi d'Isée,
le maître de Démosthène. Plus tard encore, c'est
ainsi qu'Eschine, si on en croit la tradition, vaincu
et exilé à Rhodes, y ouvrit une école d'éloquence,
et commenta, pour première leçon, le discours qui
l'avait accablé. L'éloquence et la rhétorique mar-
chent donc ensemble jusqu'au bout, et après que
pendant un siècle, elle se sont enrichies et dévelop-
pées par un progrès constamment semblable, au
moment de décliner ensemble, elles recueillent leurs
forces pour produire chacune leur chef-d'œuvre. La
Rhétorique d'Aristote paraît presque en même temps
que le discours pour Ctésiphon.

### De la rhétorique avant Aristote.

Aristote s'était préparé à ce travail par l'histoire
de ce qu'on avait fait avant lui; c'est ainsi qu'il en

a usé pour toutes les parties de la science. Le premier livre de sa Métaphysique n'est qu'une histoire abrégée de la philosophie antérieure, et nous trouvons en outre, dans la liste que Diogène nous a donnée de ses ouvrages, un grand nombre de traités partiels sur les opinions de tel philosophe ou de telle école. Pour composer sa Politique, il avait recueilli les institutions de cent cinquante-huit cités, et il avait fait aussi l'histoire de la science politique avant lui. De même il avait donné, en un livre, la Collection, Συναγωγή, des préceptes de tous les rhéteurs; mais ce livre est perdu, et tous les efforts de l'érudition ne peuvent nous dédommager de cette perte [1]. Voici comment Cicéron en parlait ( de Orat. , II, 38): « Tous les anciens rhéteurs, depuis Tisias, le pre- « mier de tous et l'inventeur de l'art, ont été ras- « semblés en un seul corps par Aristote; il recueillit « avec le plus grand soin, sous le nom de chacun « d'eux, les préceptes qui leur appartenaient, les « exposa avec netteté, les éclaircit par d'excellentes « explications; et il a sur ses auteurs eux-mêmes un « tel avantage par l'élégance et la précision de son « style, que personne ne va plus chercher leurs le- « çons dans leurs propres écrits, et que tous ceux

---

[1] Voir le Livre de M. Léonard Spengel, Συναγωγὴ τεχνῶν, Stuttgard, 1828, ouvrage plein d'une excellente érudition. On peut consulter aussi, mais avec moins de fruit, les Douze dissertations sur l'origine et les progrès de la rhétorique dans la Grèce, par notre académicien Hardion, dans les *Mémoires de l'Acad. des Inscript.*, t. IX, XIII, XV, XVI, XIX, XXI; elles s'arrêtent à Prodicus.

« qui en veulent prendre quelque connaissance
« s'adressent à Aristote, comme à un interprète
« qu'on entend plus aisément. » C'est à ce livre que
Cicéron lui-même a emprunté cet abrégé rapide de
l'histoire de la rhétorique grecque, qui remplit le
chapitre 12 du Brutus.

Si nous possédions aujourd'hui cette histoire de
la rhétorique, y trouverions-nous le nom de Phénix, le gouverneur d'Achille, qui lui enseignait, à
ce qu'on prétend, la rhétorique, comme le témoi-
gne un vers d'Homère[1]? Y trouverions-nous, avant
Phénix, le vieux Pitthée, l'aïeul de Thésée, qui
avait écrit une Rhétorique à Trézène, à ce que rapporte Pausanias, qui l'avait vue (II, 31)? Sans mêler
ainsi la fable à l'histoire, que d'intérêt le livre d'A-
ristote aurait encore en nous représentant les leçons
des Corax, des Gorgias, des Thrasymaque, des Théo-
dore : et, tandis qu'il nous ferait assister à la
naissance et aux premiers progrès de la rhétorique,
combien n'éclaircirait-il pas pour nous les rapports
naturels de l'éloquence sans art avec l'art oratoire,
et le passage de l'une à l'autre, choses si difficiles à
démêler aujourd'hui !

De toutes ces Rhétoriques perdues, il n'en est
guère de plus regrettable que celle d'Isocrate, si
toutefois il est vrai qu'Isocrate ait écrit en effet une
Rhétorique. Il était, comme nous l'apprend Cicéron[2],
le chef d'une école rivale de celle d'Aristote; celle-

---

[1]　Μύθων τε ῥητῆρ' ἔμεναι πρηκτῆρά τε ἔργων. (*Il.*, ι, 443.)
[2]　*De Invent.*, II, 2, 3.

ci était plus philosophique, celle-là plus curieuse de
la forme et des dehors du discours. Mais déjà du
temps de Cicéron il n'existait pas de Rhétorique
d'Isocrate authentique, *cujus quam constet esse ar-
tem non invenimus;* et quant aux véritables ouvrages de ce rhéteur illustre qui subsistent encore
aujourd'hui, ils nous apprennent bien quel était
son caractère, son goût, sa manière de composer,
mais ils ne nous font rien connaître de ses leçons et
de ses doctrines [1].

### Rhétorique de Platon.

La seule Rhétorique antérieure à Aristote qui
nous ait été conservée, et ce n'est pas la moins pré-
cieuse, est celle de Platon. Ce grand adversaire des
rhéteurs, qui s'attaquait si hardiment aux Gorgias
et aux Périclès, et qui considérait la rhétorique
comme une espèce de cuisine par laquelle on flatte
les appétits capricieux de la multitude, Platon a cependant écrit une théorie de l'art oratoire. Elle est
l'objet du *Phèdre,* dont elle remplit la dernière partie. Il est vrai que cette Rhétorique n'est pas un ma-
nuel pratique, une τέχνη, abondante en observations
et en préceptes; c'est la philosophie de l'art, c'est
l'idée première de la Rhétorique d'Aristote; là
comme ailleurs le maître a tracé au disciple son ouvrage. Platon n'a achevé et rédigé aucune science,

---

[1] Voir les Recherches sur les ouvrages d'Isocrate que nous
n'avons plus, par l'abbé Vatry, dans les *Mémoires de l'Acad.
des Inscript.,* t. XIII, p. 165.

mais il a jeté de côté et d'autre une foule d'idées qui
ont servi à faire la science quand elles ont été re-
cueillies et ordonnées; comme les prêtres de Del-
phes composaient un oracle complet et suivi avec
les paroles qui échappaient à la Pythie. Platon n'a
fait non plus ni la Métaphysique, ni la Morale,
mais pour combien les vues de Platon ne sont-elles
pas dans les traités d'Aristote, même lorsqu'il y est
contredit!

C'est ce qu'il faut dire surtout de la Rhétorique.
Aristote commence son livre par cette définition,
présentée en plusieurs endroits sous plusieurs formes : La rhétorique est une dialectique. Socrate,
dans le *Phèdre*, ne formule pas sa pensée avec ce
ton d'autorité; mais il fait sentir à Phèdre combien
il importe à l'orateur d'avoir des notions nettes et
précises de ce dont il parle, et que cela est impossible s'il ne sait définir sa pensée, distinguer les différences qui sont entre les choses, reconnaître au
contraire les rapports et les ressemblances pour gé-
néraliser à propos; puis il ajoute : « Ceux qui possè-
« dent ce talent, parlé-je bien ou mal, Dieu le sait,
« mais enfin jusqu'à présent j'ai coutume de les ap-
« peler dialecticiens (*Phèdre*, p. 266, B). » Cette ironie ne faisait-elle pas découvrir à l'esprit, et comme
disait Socrate, ne lui faisait-elle pas enfanter la définition d'Aristote?

Maintenant, où l'orateur prendra-t-il ce fonds
de vérités que la dialectique ne fait que mettre en
œuvre? Ce sera, dit Platon, dans la philosophie
morale, dans la science de l'âme, et c'est ce qu'Aris-

tote répète après lui. Mais ce n'est là qu'une généralité un peu vague; Platon s'explique : « Puis donc,
« continue-t-il, que la vertu du discours est une
« espèce d'attraction des âmes, ψυχαγωγία, celui qui
« veut devenir orateur doit savoir combien il y a
« d'espèces d'âmes : il y en a tant, qui sont de telle
« ou telle nature, et c'est par où tel homme diffère
« de tel autre. Cette division établie, on dira de
« même qu'il y a tant d'espèces de discours, de telle
« nature chacun. Certains hommes se rendront à
« certains discours pour telle cause qui les rend ac-
« cessibles à tel moyen de persuasion; certains
« autres, pour d'autres causes, seront difficiles à per-
« suader par ce moyen. Quand on a bien saisi toutes
« ces différences par la pensée, il faut les retrouver
« dans les choses et dans la pratique de tous les
« jours, et pouvoir s'y plier par un sentiment prompt
« et rapide; ou bien on n'en saura jamais plus sur
« l'art du discours que ce qu'on a appris du maître
« de rhétorique. Mais si on est en état de recon-
« naître que tel moyen est bon pour tel homme; si,
« lorsqu'on se trouve en présence d'un auditeur,
« on sait le pénétrer sur-le-champ et se dire à soi-
« même, le voilà, voilà cette nature d'esprit que je
« considérais tout à l'heure en théorie, et qui est
« maintenant devant moi en effet, voici les raisons
« qu'il faut lui présenter, le langage qu'il faut lui
« tenir pour lui suggérer telle conviction; si on
« voit clairement tout cela, et qu'on sache de plus
« quand il convient de parler ou de se taire; quand
« il faut rechercher le style concis, le pathétique,

« l'amplification; et quand il est à propos ou non
« d'employer tous ces artifices du discours qu'on a
« étudiés; alors l'art est parfait et véritablement
« achevé, jusque-là, non. Et dès que vous êtes en
« défaut sur quelqu'un de ces points, vous qui par-
« lez, ou qui enseignez, ou qui écrivez, si vous pré-
« tendez posséder l'art, on est en droit de ne pas
« vous croire. » (*Phèdre*, p. 271, D.)

Eh bien, ce que demande Platon n'est-il pas précisément ce qu'a fait Aristote? Qu'est-ce autre
chose que ces analyses de chaque passion, ces caractères de chaque âge ou de chaque condition de la
vie, cette étude minutieuse de nos dispositions et
de nos humeurs? Sans doute, recommander un pareil travail, ce n'est pas encore l'exécuter; on peut
même croire que Platon n'était pas fait pour cette
observation patiente et fine où excelle le maître de
Théophraste. Mais il avait tracé le programme que
son élève a rempli.

Quant à tous les préceptes des sophistes et des
rhéteurs sur l'exorde, la narration, la péroraison,
sur l'amplification, sur les tours par lesquels on ra-
jeunit une idée vieille, sur le nombre, sur les
figures, sur les mouvements pathétiques, Aristote
dit en deux mots : « Ceux qui s'occupent de tout
« cela s'arrêtent en dehors de l'art, τεχνολογοῦσι τὰ ἔξω
« τοῦ πράγματος. » Mais déjà Platon, passant en revue
ces artifices, faisait voir aisément qu'ils ne sont rien
sans le don de les employer à propos, et que ce don
dépend de la connaissance de l'âme, qui est la vraie
science de l'orateur. Et avec une de ces insinuations

moqueuses qui lui sont familières : « Ainsi, mon
« cher Phèdre, concluait-il, jamais ce qui sera dit ou
« enseigné autrement ne le sera avec art, soit sur
« ce sujet, soit sur tout autre ; mais ceux qui écri-
« vent aujourd'hui ces *arts du discours* que tu
« connais, sont des hypocrites qui nous cachent la
« connaissance admirable qu'ils ont de l'âme. Gar-
« dons-nous bien, tant qu'ils écriront ainsi, de
« prendre en effet pour l'art ce qu'ils nous don-
« nent. » (p. 271, B.)

Ces extraits suffisent pour montrer que la Rhétorique d'Aristote a été conçue par Platon, et qu'elle
est en germe dans le Phèdre. Mais n'oublions pas
que des idées présentées en passant de cette façon
légère et rapide, ne pouvaient laisser de traces pro-
fondes que dans une intelligence aussi vive que celle
d'Aristote, et aussi sensible à l'impression de la vérité.
C'est Aristote qui par son traité les a rendues classiques et populaires, et en a fait véritablement la règle
des esprits.

### De la Rhétorique à Alexandre.

On sait qu'il existe sous le nom d'Aristote une
Rhétorique autre que celle que nous examinons ici ;
elle est connue sous le nom de Rhétorique à Alexandre.
Tout le monde y a reconnu une manière très-diffé-
rente de celle d'Aristote, qui est constamment la
même dans tout ce qu'il a écrit. Il est encore moins
l'auteur de la lettre à Alexandre qui sert de préface
à l'ouvrage, et jamais certainement il n'a tourné des

périodes aussi isocratiques. Mais de qui est ce livre,
et de quelle époque? M. Spengel[1] veut qu'il soit
antérieur à la Rhétorique d'Aristote, et voici ses
arguments. D'abord Alexandre, à qui l'auteur de
la lettre fait tant de morale, devait être alors très-
jeune encore : mais cela ne prouve rien, comme
M. Spengel lui-même l'a bien senti, si la lettre n'est
qu'une composition apocryphe. Il ajoute que plusieurs
des préceptes contenus dans l'ouvrage ne semblent
convenir qu'à l'orateur qui vit dans une démocratie.
Il pouvait même faire remarquer qu'il y a des passages (chap. 1 et 20) où l'écrivain dit *nous* en parlant
des Athéniens. De plus l'événement le plus récent
dont il soit fait mention dans cette Rhétorique est
l'expédition dans laquelle Timoléon, avec neuf ga-
lères corinthiennes, força le port de Syracuse défendu
par cent cinquante navires carthaginois, en 340
(ch. 8). Enfin le précepte d'Isocrate, que la narration
doit être courte, se retrouve dans ce petit traité
(ch. 30), où on n'aurait pas osé le reproduire après
qu'Aristote s'en était moqué dans sa Rhétorique
(III, 16). Ces raisons ne paraîtront pas bien dé-
cisives. Les passages signalés par M. Spengel peuvent être copiés dans des livres plus anciens,
l'auteur déclarant lui-même à la fin de la préface
qu'il a beaucoup emprunté aux Rhétoriques antérieures. Les formes du gouvernement démocratique
ont subsisté à Athènes longtemps encore après

---

[1] Συναγωγὴ τεχνῶν, p. 187. Voir aussi sur cette question le
Mémoire de Garnier, dans les *Mémoires de l'Institut*, classe
d'histoire et de littérature ancienne, t. II, p. 44.

Aristote. Enfin il y a une fraude littéraire dans cette préface, puisque l'auteur se donne pour le Stagirite, et une pareille fraude me semble n'avoir pu être hasardée qu'assez tard. J'oserai apporter à l'appui de cette opinion les exemples qui se trouvent dans cet écrit (ch. 5 et 29) de l'emploi de έάν avec l'optatif, construction qui ne se rencontre pas dans les écrivains de l'époque classique.

La Rhétorique à Alexandre est-elle d'Anaximène de Lampsaque, comme quelques-uns l'ont pensé [1]? Non, si c'est un Athénien qui l'a écrite. D'ailleurs cette opinion n'est fondée que sur ce que Quintilien (III, 4) donne comme étant d'Anaximène la division des sept genres de discours (ch. 1), qui a pu lui être empruntée.

Pour être postérieur à Aristote, ce livre, comme on voit, ne nous en a pas moins conservé quelques préceptes anciens. Mais c'est un écrit tout pratique, qui ne contient que la routine du métier, et comme la table des matières sur lesquelles portent les discussions de l'assemblée publique ou des tribunaux. Il est d'ailleurs assez court. Ce qu'il peut offrir de plus intéressant à relever trouvera sa place quand nous entrerons dans les détails de la Rhétorique d'Aristote.

### D'Isocrate.

Nous voilà revenus au livre qui fait l'objet de ce travail, et nous avons encore plusieurs questions à examiner. Est-il vrai, comme on l'a dit, d'après

[1] M. Spengel, dans le *Journal Philol.* de Darmstadt, 1840, nos 154, 155.

Cicéron (*de Or.*, III, 35) et d'autres encore, qu'A-
ristote ait été déterminé à ouvrir une école de rhétorique, et à donner un traité de cet art, par la
jalousie et le mécontentement que lui causait le
succès de l'enseignement d'Isocrate ? On ajoute
(Quintil., III, 1) qu'il disait, en parodiant un vers
du Philoctète d'Euripide, αἰσχρὸν σιωπᾶν, Ἰσοκράτη
δ' ἐᾶν λέγειν. Mais, d'après Diogène (*Aristot. Vit.
init.*), c'est Xénocrate, le chef de l'Académie, dont
Aristote plaçait le nom dans ce vers : et je trouve
plus de vraisemblance dans cette leçon, ou si on veut
dans cette interprétation; car je croirais volontiers
qu'Aristote citait le vers tel qu'il est, βαρβάρους δ'
ἐᾶν λέγειν, sans y mettre un nom propre; il y avait
ainsi plus de finesse. Ne pouvait-on pas traiter de
barbare Xénocrate, né à Chalcédoine, sur les rives
du Bosphore de Thrace ? D'ailleurs, quand Aristote
rentra dans Athènes, après le départ d'Alexandre,
il y avait quatre ans qu'Isocrate était mort cente-
naire. Si on remonte plus haut, il faudra se reporter
jusqu'au temps que Platon vivait encore, et à cette
époque Aristote n'enseignait pas et n'écrivait pas.
Enfin Aristote ne parle guère d'Isocrate dans son
ouvrage que pour le citer avec honneur dans le livre
sur l'Élocution. Il faut donc renoncer à cette fable
d'une rivalité entre les deux maîtres, fable née sans
doute de la rivalité plus réelle qui se perpétua dans
les écoles grecques entre les philosophes péripatéti-
ciens et les rhéteurs. C'est un exemple de plus à
donner de la défiance avec laquelle il faut accueillir
les anecdotes dans l'histoire de l'antiquité.

## La Rhétorique est un ouvrage acroamatique.

On sait que les ouvrages d'Aristote se distinguent en *exotériques*, littéralement ouvrages du dehors, et en *acroamatiques*, ou leçons pour les auditeurs. A laquelle de ces deux classes faut-il rapporter la Rhétorique? Il est difficile de le dire, si on ne résout la question générale de savoir ce qu'on doit entendre par ces deux espèces d'enseignement. Les textes que Buhle a ramassés sur ce sujet[1] ne feront qu'obscurcir la question, si on veut attacher une égale valeur à chacun de ces témoignages. Mais si on s'arrête de préférence à ceux qui sont les plus directs, les plus positifs et les plus clairs, je veux dire à l'assertion précise d'Ammonius, confirmée pour nous et expliquée par les déclarations non moins précises de Cicéron, on trouve que les ouvrages exotériques étaient des dialogues sur divers sujets, où le philosophe lui-même avait toujours le rôle principal, et qui étaient précédés de prologues. Or, tous les dialogues d'Aristote sont perdus; nous n'avons donc plus aujourd'hui d'ouvrages exotériques. Fabricius a donc eu raison de reconnaître pour acroamatiques les trois livres que nous examinons.

Cependant on peut faire des objections pour la Rhétorique en particulier. Suivant Aulu-Gelle (**XX, 5**),

---

[1] J. Th. Buhle, *Disputatio de distributione librorum Aristotelis in exotericos et acroamaticos, ejusque rationibus et causis.* Se trouve dans le premier des cinq volumes qu'il a donnés d'une édition d'Aristote, 1791.

l'enseignement *acroatique* d'Aristote (il fallait dire *acroamatique*, d'après les commentateurs grecs), se rapportait aux parties les plus élevées et les plus difficiles de la science, la métaphysique, la physique, la dialectique; cet enseignement se donnait le matin. L'enseignement exotérique, qui occupait l'après-midi, comprenait des leçons de rhétorique, des exercices d'argumentation, des études de politique et de morale. D'après cela notre Rhétorique appartiendrait à l'enseignement exotérique; mais Aulu-Gelle se méprend, et interprète mal une tradition que nous retrouvons ailleurs, tantôt également altérée, tantôt plus pure. La vérité est que dans ses leçons ou ses traités acroamatiques, Aristote s'exprimait dogmatiquement, établissant des principes et des définitions, et se servant de formules sèches et rapides; tandis que dans les dialogues exotériques, donnant une forme dramatique à son argumentation, il combattait les opinions par les opinions, faisait plaider des causes à ses personnages, et leur mettait dans la bouche un langage facile et populaire [1]. Ces deux sortes d'écrits différaient donc

[1] Voir, pour la preuve de chacune des parties de cet énoncé, les divers textes qui remplissent la Dissertation de Buhle.

M. Ravaisson a traité cette question d'une manière complète dans son *Essai sur la Métaphysique d'Aristote* (3ᵉ part., livre i, ch. 1). Il essaie de montrer ( p. 236 sqq. ) que ces différences de forme tiennent à une différence fondamentale, susceptible de plus ou de moins, de manière qu'il peut y avoir des traités plus acroamatiques que d'autres, si je puis parler ainsi, et que la Métaphysique est le plus acroamatique de tous. Je ne conteste pas cette manière de voir, pourvu qu'il soit bien reconnu, ainsi

par la méthode et l'exécution, mais non par la matière. La métaphysique même était développée dans
les dialogues, et au contraire la Politique est un ouvrage acroamatique. La rhétorique, aussi bien que
toute autre science, pouvait être enseignée directement sous la forme dogmatique d'un traité ; et c'est
ce qui a été fait dans ces trois livres.

### Du Gryllus, etc.

Mais Aristote avait composé sur la rhétorique un
livre qui avait pour titre *Gryllus ;* c'est le nom d'un
fils de Xénophon, et ce titre paraît indiquer un
dialogue dans lequel Gryllus était le principal personnage. Quintilien s'exprime ainsi dans le chapitre
où il établit que la rhétorique est un art (II, 17) :
« Aristote, qui se plaît toujours à poser des pro-
« blèmes, imagine, dans le Gryllus, des objections
« dignes de sa finesse accoutumée ; mais lui-même a
« traité de notre art en trois livres..., etc. » Il ne
reste rien du *Gryllus.*
Diogène Laërce et un biographe anonyme[1] nom-

que M. Ravaisson l'a établi lui-même rigoureusement, qu'avant
tout c'est par la forme du traité ou du dialogue, par le style
scientifique ou populaire qu'il faut classer les livres d'Aristote.
Pour le philosophe, il y aura peut-être des ouvrages plus ou
moins acroamatiques, suivant que la science pure y tient plus ou
moins de place ; mais, philologiquement parlant, il n'y a que
des livres exotériques d'une part et des livres acroamatiques de
l'autre, de même à peu près que tout ce qui n'est point prose est
vers, et que tout ce qui n'est point vers est prose.

[1] Dont on peut voir le texte dans Buhle.

ment encore d'autres livres d'Aristote, qui traitaient, soit de la rhétorique dans son ensemble, soit de quelqu'une de ses parties, Τέχνη, ἄλλη Τέχνη, περὶ Λέξεως, Ἐνθυμήματα ῥητορικά : il n'est rien resté non plus de ces ouvrages.

Il est singulier que nos trois livres ne soient pas dans la liste de Diogène, mais la *Rhétorique en deux livres* est sans doute la même; c'est une erreur de chiffres comme il y en a en si grand nombre dans les textes anciens. L'Anonyme donne exactement, Τέχνης ῥητορικῆς γ'.

### Aristote était-il orateur?

On sait qu'Aristote ne se contentait pas de philosopher sur la poésie, mais qu'il était poëte lui-même; et quoique des iambes anonymes[1] nous disent qu'il ne savait pas même les éléments de l'art des vers, ἀναλφάβητος οὑτοσὶ στιχογράφος, son hymne sur Hermias, qui est venu jusqu'à nous, est certainement d'une grande beauté. Il est naturel de se demander s'il fut aussi orateur. Mais un Stagirite, dans Athènes, ne pouvait parler à la tribune; et il n'était guère dans l'esprit d'Aristote de polir à loisir, comme Isocrate, des discours fictifs. Ce n'était pas un rhéteur donnant des leçons d'éloquence; c'était un philosophe qui étudiait dans ses applications une des facultés de l'esprit humain. Diogène raconte cependant, d'après Favorinus, qu'étant accusé de sacri

[1] A la fin de la Biographie anonyme déjà citée.

lége par l'hiérophante Eurymédon, Aristote composa
lui-même un discours pour sa défense. Mais l'anonyme que j'ai cité déjà nous avertit que ce discours
était apocryphe ; et en effet il est certain qu'Aristote
ne purgea point cette accusation, qu'elle ait été ou
non formellement intentée, mais qu'il sortit d'A-
thènes et se retira à Chalcis. Le discours d'ailleurs
n'existe plus.

On pourrait croire du moins que certains ouvrages
d'Aristote étaient écrits d'une manière oratoire. Cicéron mandait à Lentulus (I, 9) : « J'ai composé dans le
« goût d'Aristote, autant qu'il a été en moi, mes
« trois livres sur l'Orateur. » Ailleurs il vante la parure de son style, et semble le comparer à Platon
même (de Fin., I, 5). Ailleurs encore il le représente
répandant sur la philosophie les flots d'or de son
élocution (Acad., II, 38). Cependant tout en admi-
rant chez lui, avec l'abondance de la pensée, la
douceur et l'élégance du langage (Top., I, 1), il
n'ajoute pas positivement qu'il soit orateur, comme
il le dit de Platon (de Or., I, 11). Aristote ne manquait certainement ni de logique, c'est le premier
des dialecticiens ; ni d'une imagination grande et
élevée, c'est le principal mérite de son hymne, et
plusieurs passages de ses traités sont empreints du
même caractère ; ni d'agrément et de saillies, nous
en verrons dans la Rhétorique même d'heureux
exemples ; ni de richesse et d'harmonie dans la
phrase, nous en pouvons juger par un ou deux mor-
ceaux de ses Dialogues qui nous ont été conservés [1].

---

[1] Un fragment original se trouve dans Plutarque ( Consolation

Il lui manquait pour être orateur une seule chose, mais nécessaire, une sensibilité plus vive. Ce don précieux, qui ne fut pas refusé à Isocrate, naïf dans son emphase même, la ferme intelligence d'Aristote en fut privée, et on dirait presque exemptée comme d'un défaut.

Mais avec quelque réserve qu'on interprète, au sujet de son éloquence, le témoignage de Cicéron, il en reste encore assez pour reconnaître qu'Aristote possédait toute cette partie du talent de l'orateur qui relève de l'art et qu'il enseignait aux autres. Qu'il analyse les procédés du raisonnement, ou le secret de nos dispositions morales, ou les ressources du langage, ce sont trois choses qu'il avait étudiées par lui-même toute sa vie, non-seulement en observateur, mais aussi en homme du métier.

### Jugements divers sur la Rhétorique d'Aristote.

C'est de là sans doute que naît l'intérêt puissant qui soutient dans la lecture de cet ouvrage, quand on en a une fois traversé les premières difficultés. C'est par où la Rhétorique a obtenu de tout temps une si haute estime. Voici comment Cicéron en parlait, en la comparant aux ouvrages des rhéteurs de profession (*de Orat.*, II, 38) : « J'ai lu le livre d'Aristote « où il a exposé les préceptes de tous ceux qui étaient

à *Apollonius*, p. 115). Un autre, plus brillant et plus oratoire, nous est connu par la traduction de Cicéron, qui paraît être littérale (*De Nat. Deor.*, II, 37).

« venus avant lui ; *j'ai lu aussi ceux où il donne*
« *sur cet art ses propres idées* ; et j'ai trouvé cette
« différence entre lui et les rhéteurs, qu'Aristote a
« porté dans l'art de la parole, dont il faisait peu
« de cas, ce même génie qui pénétrait l'essence et le
« fond de toutes choses ; eux, au contraire, qui
« se sont bornés à cette étude, et qui s'y sont comme
« enfermés, n'y ont pas montré la même intelli-
« gence, mais seulement plus de pratique et d'habi-
« tude. » Après ce témoignage, qui dispense d'en
citer d'autres, je produirai seulement celui de Voltaire, qui ne flattait pas les anciens. Il a donné
dans le Dictionnaire Philosophique ( art. *Aristote*),
un aperçu rapide et intelligent de la Rhétorique,
qu'il avait parcourue avec son discernement accoutumé. « Je ne crois pas, dit-il, qu'il y ait une
« seule finesse de l'art qui lui échappe. » Cependant
Fénelon, dans ses Dialogues sur l'Éloquence, a mis la
Rhétorique d'Aristote au-dessous du petit traité du
Sublime, attribué à Longin. Tout en convenant
qu'elle est *très-belle,* il lui reproche d'être sèche,
et plus curieuse qu'utile, de servir plus à faire remarquer les règles de l'art qu'à inspirer l'éloquence
et à former de vrais orateurs. En effet, elle n'inspire
pas l'éloquence, mais apprend-elle à l'orateur son
métier, lui enseigne-t-elle à trouver des raisons, à
les faire valoir, à approprier son discours à ceux
qui l'entendent, à relever l'idée par l'expression ?
c'est ce dont nous jugerons tout à l'heure. Disons
seulement ici que Fénelon, doué d'un si grand
charme et de tant de grâce naturelle, a peut-être

donné trop, en toute matière, à l'instinct et à l'imagination, et pas assez à la règle et à la méthode.

Je crois avoir établi que les trois livres de la Rhétorique, composés pendant l'expédition d'Alexandre, préparés par tous les travaux des maîtres dans l'art oratoire, et par l'analyse qu'Aristote avait faite de ces travaux, sont maintenant le seul monument qui reste de l'ancienne rhétorique grecque, sauf quelques préceptes de détail conservés dans la Rhétorique à Alexandre. Que pourtant nous avons encore, dans le *Phèdre* de Platon, le principal et en un certain sens l'unique antécédent de la Rhétorique d'Aristote. Que ces livres, nés d'une pensée philosophique, ne sont pas sortis d'une prétendue rivalité entre Aristote et Isocrate, mais qu'ils doivent être considérés comme une partie nécessaire de cette encyclopédie qu'Aristote a tracée en étudiant successivement toutes les facultés de l'esprit humain. Que c'est un ouvrage acroamatique, c'est-à-dire aussi philosophique et aussi savant que les autres que nous possédons. Que si Aristote n'a pas été orateur, il a possédé cependant plusieurs des grandes parties de l'art oratoire. Enfin, que toutes ces circonstances, et en outre les jugements divers qui ont été portés sur ce livre, en recommandent puissamment l'étude, à laquelle il est temps enfin d'arriver.

# LIVRE PREMIER.

### Idées générales d'Aristote sur la rhétorique.

« La rhétorique fait le pendant de la dialectique.
« Leur objet à toutes deux est également accessible
« à tous les esprits, et ne réclame aucune connais-
« sance spéciale : aussi il n'est personne qui ne pos-
« sède l'une et l'autre dans une certaine mesure.
« Tous les hommes savent, jusqu'à un certain
« point, attaquer une opinion ou la soutenir, ac-
« cuser ou se défendre. Les uns ne sont conduits
« que par un instinct sans règle, les autres par une
« habitude qu'ils acquièrent en s'exerçant. Dès
« qu'on arrive au même résultat de ces deux ma-
« nières opposées, il est clair qu'on peut tracer
« pour y parvenir une méthode : car on peut déter-
« miner la raison pour laquelle l'habitude et l'in-
« stinct réussissent également; et c'est là, tout le
« monde en conviendra, l'ouvrage de l'art. »

Ces premières lignes de la Rhétorique contiennent beaucoup d'idées en peu de mots, comme c'est
l'usage d'Aristote. Essayons de les développer successivement.

« La rhétorique fait le pendant de la dialectique. »
C'est la pensée de Platon dans le *Phèdre*, mais plus
nette dans Aristote, qui l'a éclaircie surtout au ch. 2.
La dialectique est l'instrument de la science, la
rhétorique de l'opinion. L'une construit son argu-

mentation sur des principes absolus, l'autre sur des
accidents variables et des croyances passagères.
L'une remonte laborieusement jusqu'à des propositions premières qui soient au-dessus de la démonstration; l'autre accepte pour point de départ des probabilités généralement admises, qui peuvent être des
vérités, qui ne sont le plus souvent que des vraisemblances. Je crois qu'il ne faudrait pas oublier ces réflexions quand on s'étonne du spectacle que donne
souvent, dans deux discours opposés, l'éloquence
contredisant l'éloquence avec tant d'habileté et de
succès. On s'en prend aux hommes de ce scandale
apparent; on devrait plutôt s'en prendre aux choses,
qui changent si facilement d'aspect, et où ce qu'on
nomme le pour et le contre ne sont quelquefois que
deux faces voisines d'un même objet. Il est des occasions sans doute où c'est l'orateur qui est en
faute, parce qu'il n'a pas assez de lumières dans
l'esprit, ou de droiture dans le cœur; mais alors il
est impuissant et ne saurait tromper. Les illusions
et les incertitudes que nous imputons aux artifices
de l'éloquence, ne nous viennent pas du dehors;
elles sont dans nos idées mêmes et dans la nature de
l'esprit humain.

Rien de plus juste que ce que dit Aristote de
l'universalité de la dialectique et de la rhétorique,
ces deux forces de l'intelligence, indépendantes de
tout travail particulier. Platon avait répété sans
cesse ce sophisme, que puisque la rhétorique ne peut
pas dire que c'est à ceci qu'elle est bonne, ou à cela,
elle n'est donc bonne à rien, de son aveu même.

Aristote ruine cette argutie et remet les choses à leur place par sa façon seule de s'exprimer, indiquant, ce me semble, que ce prétendu défaut est au contraire un mérite. Le droit, la médecine, la politique appartiennent à quelques-uns ; l'art de persuader est à l'usage de tout le monde. La rhétorique n'est qu'une méthode pour le développement d'une faculté qui est dans tous, et que tout homme a intérêt à fortifier en lui, s'il veut vivre de la vie de l'intelligence.

### Efficacité de la rhétorique.

Ce qui me semble le plus remarquable dans cette introduction, est l'argumentation si simple par laquelle Aristote établit qu'en effet il existe et qu'il doit exister une rhétorique, un art du discours. Cette simplicité même me parait irrésistible. C'est la leçon de l'expérience, qui vaut mieux que toutes les théories. Il y a une éloquence naturelle; qui en doute? Il y a aussi une éloquence enseignée par l'exemple et cultivée par l'exercice; qui peut le nier? Autrement les Athéniens n'auraient pas attendu si longtemps un Démosthène, ni les Romains un Cicéron. Donc l'éloquence n'est pas un hasard, un caprice de la nature ou des circonstances; car le hasard n'est pas chose qu'on imite, ou sur laquelle on s'exerce, le hasard ne comporte pas de progrès. Là où il y a des modèles, des études, des perfectionnements, c'est que les esprits suivent une marche régulière. Ils ne s'en aperçoivent pas d'abord, parce

que, ne songeant qu'à arriver, ils ne regardent
point par où ils passent; mais d'autres vont pas à
pas derrière eux et marquent davantage la trace, de
façon qu'enfin les observateurs peuvent reconnaître
le sentier. Ce sentier, cette voie, le mot même le
dit, c'est la méthode. Ceux qui la nient n'ont qu'une
ressource, c'est de nier les faits, et Aristote les a
exposés avec tant de mesure qu'il n'y a rien à rabat-
tre de ses paroles. Est-il vrai que tout homme sait,
jusqu'à un certain point, soutenir un avis, plaider
une cause? est-il vrai que ce que les uns font par occasion et au hasard, d'autres s'en sont fait une profession et une habitude ? si ce sont là les choses elles-
mêmes, c'est donc par la force des choses que nous
reconnaîtrons à la fois l'éloquence et la rhétorique,
le talent et l'art.

Mais il est bien remarquable qu'Aristote passe si
légèrement sur ce sujet, et qu'il paraisse s'inquiéter
si peu des objections qu'on pourrait lui faire. Déjà
pourtant, avant cette époque, Lysias, au témoignage de Cicéron (*Brut.*, 12), avait soutenu qu'il n'y
a point d'art de parler; et Isocrate lui-même, dans
sa jeunesse, avait exprimé cette opinion. J'ajouterai
que dans le discours d'Isocrate περὶ τῆς ἀντιδόσεως, et
dans la partie de ce discours qui a été retrouvée il y a
trente ans, nous lisons un passage (Isocr. éd. de *Leip-
sig*, 1820, t. II, p. 370), où l'orateur semble faire assez
bon marché de l'art. Enfin j'ai dit tout à l'heure
qu'Aristote lui-même, dans le Gryllus, soutenait très-
subtilement ce paradoxe que l'art oratoire ou la rhétorique n'existe pas. Mais il montre bien ici que ses

propres objections ne lui semblent pas sérieuses, et
qu'il ne les regarde que comme de simples jeux d'esprit. C'est un exemple frappant de l'opposition
qui pouvait exister entre les deux sortes d'écrits où
le philosophe exposait ses idées. Ici, en entrant dans
la science, il ne se laisse pas embarrasser par les
fils d'une argumentation sophistique, et sans même
se donner la peine de les dénouer, il les rompt d'un
coup. Cicéron, dans ses livres *sur l'Orateur*, et
Quintilien, dans ses *Institutions oratoires* (II, 17),
auraient dû imiter cette décision et cette sûreté de
jugement [1]. Mais outre qu'ils n'avaient pas la même
force de pensée, on peut dire encore qu'au temps où
ils vivaient, la vérité sur cette question avait moins
d'évidence. Au contraire si jamais on a dû croire
pleinement à la puissance de la rhétorique, c'est
dans le siècle qui s'étend de Gorgias à Aristote. C'est
l'époque où dans des esprits polis par les beautés
des poëtes, et fortifiés par les leçons des philosophes, le don de la parole devient tout à coup un
art, prend des développements rapides, et atteint à
la perfection. Alors le génie ne dédaignait pas la
rhétorique, car c'était lui-même qui l'inventait et
qui l'appelait à son aide; alors elle n'était pas im-
posée par l'éducation, mais elle se recommandait
seulement par les progrès qu'elle faisait faire. L'éloquence savante et artificielle se trouvait encore en
présence de l'éloquence purement instinctive, et

[1] Cicéron cependant avait été frappé de ce passage d'Aristote,
car il le traduit dans les dialogues *de l'Orateur* (II, 8), où il
le met dans la bouche d'Antoine.

prenait sur elle un avantage qui frappait tous les esprits et les soumettait. On voyait les orateurs naître et se multiplier par cette culture, on les voyait se surpasser eux-mêmes de jour en jour, et les disciples aller plus loin que les maîtres. A cette époque d'ailleurs l'art n'était pas, comme aujourd'hui, déposé pour ainsi dire dans des chefs-d'œuvre classiques, dont le commerce familier supplée pour nous à l'étude directe de la science qui les a produits. Dans ces circonstances, la vertu de la rhétorique ne pouvait être méconnue; et si elle était condamnée par des philosophes rigoureux, c'est au contraire parce qu'elle leur paraissait trop puissante, et qu'ils la regardaient comme une ennemie de la sagesse, comme une maîtresse dangereuse d'ignorance et d'erreur.

Depuis, les grands orateurs ayant passé sans être remplacés par d'autres, l'éloquence n'ayant plus rien à gagner, l'art désormais étant achevé et immobile, et la rhétorique, qui était entrée tout entière dans tous les esprits, se trouvant partout aux prises avec elle-même, les objections s'élevèrent de toutes parts contre son autorité ébranlée. Mais il semble qu'Aristote les a détruites par avance, et qu'il n'y a point de réplique à cet unique argument dans lequel il a enfermé la discussion. Ou plutôt toute discussion est prévenue et devient inutile, car il ne prouve point la rhétorique, mais plutôt il la reconnaît; et en nous transportant tout de suite au point où on voit l'art sortir de la nature même comme la conséquence sort du principe, il nous dis-

pense de descendre à la réfutation de tant de raisonnements embarrassés et sophistiques sur l'opposition prétendue de la nature et de l'art.

### Utilité morale de la rhétorique.

C'était surtout dans l'intérêt de la morale et du
bon droit, je viens de le rappeler tout à l'heure,
que Platon dans ses Dialogues avait diffamé la rhétorique. C'est précisément au nom de la morale
qu'Aristote la relève et la consacre, opposant à des
déclamations éloquentes une justesse d'esprit imper-
turbable : « La rhétorique est utile, car le juste et le
« vrai valent mieux naturellement que leurs contrai-
« res ; mais si la justice n'est pas bien rendue, ils au-
« ront le dessous, et c'est un mal. » L'emploi de la
rhétorique est d'empêcher ce mal, en faisant rendre justice. C'est ainsi qu'il reconnaît le besoin
qu'on a d'elle par les scandales mêmes qui avaient
découragé de grands esprits. Ainsi la mauvaise philosophie, loin de nous faire renoncer à la bonne,
doit nous y attacher davantage, comme à un moyen
de défense et de salut. Celui qui rejette la science
parce qu'on en abuse contre lui, ressemble à un
combattant qui abandonnerait son épée à cause que
son adversaire en a une aussi. « La rhétorique, con-
« tinue Aristote, est utile encore, parce que cette
« science pure, que les philosophes lui préfèrent,
« est inaccessible à la foule, et ne saurait faire des-
« cendre jusqu'à elle la vérité. »

Il s'arrête ici davantage aux objections, sans doute

en souvenir de son maître, et il les écarte avec bon
sens en quelques mots. Après avoir dit que s'il y a
une rhétorique du mensonge, c'est que pour dé-
jouer le mensonge il faut en pénétrer l'artifice, il
mêle et il confond ensemble les intérêts de la vérité
et ceux de l'art par cette simple remarque, que la
bonne cause est plus facile à plaider que la mauvaise,
toutes choses égales d'ailleurs [1]. Cette phrase est
moins ambitieuse que la célèbre maxime : *Orator
est vir bonus*, mais elle est plus inattaquable. C'est
un principe de l'art, l'autre est plutôt le vœu et la
recommandation d'une âme honnête.

### Aristote réduit l'éloquence à l'argumentation.

Mais Aristote est lui-même un moraliste rigoureux outre mesure quand il demande que l'orateur se
renferme dans le raisonnement et dans la preuve, et
ne veut pas qu'il essaie d'agir sur la sensibilité du
juge. C'est, dit-il, comme si on voulait se servir
d'une règle et qu'on commençât par la fausser.
Cette comparaison spirituelle manque cependant de
justesse. L'essence de la règle est d'être droite; au
contraire l'état naturel de l'homme n'est pas de dépouiller la sensibilité qui est la moitié de lui-même,
pour se réduire à l'autre moitié. Dans les choses qui
nous intéressent, bien comprendre et bien sentir ne
sauraient se séparer. La morale elle-même veut que le
cœur prenne parti pour ce que l'esprit reconnaît

---

[1] Ὡς ἁπλῶς εἰπεῖν.

comme vrai et comme bon. L'orateur ne doit pas re-
pousser la calomnie sans la livrer à l'indignation des
gens de bien ; il ne défendra pas l'honnête homme ou-
tragé sans appeler l'affection et le respect de tous sur sa
tête. Non, ce n'est pas fausser en nous le jugement,
c'est le redresser plutôt, c'est épurer notre justice,
que de nous demander notre pitié pour celui qui est
plus malheureux que coupable, ou d'irriter notre
colère contre la bassesse insolente. En un mot, s'il
n'y a point d'orateur sans la logique, il n'y en a
point non plus sans la passion. Voyons où nous con-
duiraient d'autres principes. Aristote va déjà bien
loin. Il veut qu'on ne plaide que le fait devant le
juge, c'est-à-dire si telle chose est ou n'est pas, si
telle autre a eu lieu ou n'a pas eu lieu. Mais ce fait
est-il ou non un délit ? le délit est-il grave ou léger ?
c'est sur quoi le juge ne doit consulter que la loi et
non les parties. Qui ne voit qu'à ce compte il ne
faut pas même plaider le fait, mais seulement produire les pièces et les témoins, qui suffiront pour
éclairer la sagesse du juge ? Qui ne comprend
qu'en certaines circonstances les témoins seraient
de trop eux-mêmes aussi bien que les avocats,
et que le juge, en se déclarant instruit, pourrait
supprimer d'un seul coup tout débat comme toute
défense ?

Ce n'est pas là que va la pensée d'Aristote ; ses
paroles n'expriment rien autre chose que son sentiment sur ce qui se passait autour de lui ; elles
s'expliquent par l'histoire d'Athènes. Sa censure
s'adresse à ces tribunaux remplis d'une foule turbu-

lente et aveugle, qui venait y siéger à la journée pour
trois oboles, et se dédommageait de ses misères et
de ses humiliations de tous les jours par l'exercice
despotique et capricieux de sa puissance. Quand on
a lu *les Guêpes*, et qu'on a encore sous les yeux le
juge, l'accusé et le défenseur, un procès criminel
tout entier, on comprend le vœu d'Aristote. Ce
juge, ou plutôt ce maître, il fallait le flatter, l'amuser, le séduire par la parole, quelquefois par l'argent, ou par des moyens pires encore. Quand le tribunal n'était pas pour lui un marché, c'était au
moins un théâtre : il lui fallait du spectacle ; et
qu'était-ce que ces péroraisons pleines de gestes,
de larmes et de cris, sinon de vraies scènes de tra-
gédie ? Aristote avait-il tort de penser que l'art de
jouer ces scènes n'est pas la rhétorique, et d'opposer
à cette parodie de la justice les tribunaux mieux
réglés de certaines villes, et dans Athènes même la
sagesse de cet aréopage, qui cependant permettait
aussi quelquefois d'étranges écarts, si on en croit
certains récits ?

Mais pourquoi exagère-t-il au point de mettre en
dehors de la rhétorique l'art de parler aux passions,
qui en fait partie aussi nécessairement que les passions font partie de l'homme ? Est-ce parce qu'il
juge l'homme avec ce chagrin philosophique dont
Platon avait donné l'exemple, et qui inspira plus
tard les stoïciens ? C'est aussi, d'après ce qu'il nous
dit lui-même, parce que les rhéteurs du temps, par
une exagération contraire, réduisaient toute la rhétorique aux exordes insinuants, aux amplifica-

3

tions véhémentes et aux péroraisons pathétiques. Ils
oubliaient que le fond de la persuasion est dans les
raisons qui s'adressent à l'intelligence ; car c'est fort
bien de s'échauffer, mais sur quoi s'échauffera-t-on ?
Ce n'est pas tout d'appeler la passion, il faut que la
passion ait où se prendre ; l'émotion qui ne s'attache
pas à des idées est quelque chose de superficiel, qui
ne dure pas plus longtemps que le mouvement des
bras de l'orateur ou la grimace de son visage. Répé-
tons-le donc avec Aristote, comme une leçon utile
dans tous les temps : la preuve, c'est le corps du
discours, c'est la substance de l'éloquence, c'est
l'aliment même de la passion ; et si Démosthène,
Cicéron, Pascal, Bossuet ont été les plus grands
orateurs du monde, c'est qu'ils étaient en même
temps les plus forts des raisonneurs [1].

### Définition de la rhétorique (ch. 2).

Toute cette introduction aboutit à une définition
de la rhétorique : « La rhétorique consiste dans la
« faculté de découvrir tous les moyens possibles de
« se faire croire, sur quelque sujet que ce soit.
« Ἔστω δ'ἡ ῥητορικὴ δύναμις περὶ ἕκαστον τοῦ θεωρῆσαι τὸ
« ἐνδεχόμενον πιθανόν. » On sait avec quel soin Aristote formule ses définitions, et comme il en pèse
scrupuleusement tous les termes ; nous pouvons

---

[1] Il est remarquable que chez les Grecs le mot qui exprime
le discours, λόγος, est le même qui signifie le raisonnement ou
la raison. Ils n'en ont pas d'autre pour rendre l'idée de l'éloquence.

choisir celle-ci pour l'étudier comme un modèle du genre.

C'est une *faculté*, une puissance de l'esprit, et non pas une science particulière.

*Découvrir* les moyens de persuasion ; il ne dit pas employer, car la rhétorique est indépendante de l'emploi qu'on en peut faire.

Elle est également indépendante du succès ; c'est pourquoi il dit, les moyens *possibles*. Il ne croyait pas, comme M. Jourdain, que l'escrime fût l'art de tuer son homme et de n'être jamais tué.

*Se faire croire*, cette expression vague embrasse tous les moyens de persuasion, le sentiment aussi bien que la preuve : en effet, Aristote reconnaît, comme tous les rhéteurs, que ces moyens sont de trois sortes : les arguments, les mœurs, les passions. Les nécessités de la pratique le font bien vite renoncer à une théorie exclusive et fausse ; il lui suffit de s'être acquitté avec sa conscience comme philosophe ; il prend maintenant l'art tel qu'il est.

Enfin il ajoute, *sur quelque sujet que ce soit*, et rien ne paraît en même temps plus vrai et plus étrange. L'orateur sait-il donc toutes choses, ou bien est-ce qu'il a le don de se faire croire même sur ce qu'il ne sait pas ? Il y a là un paradoxe qui a beaucoup exercé la philosophie des Grecs, toujours subtile et curieuse. Remarquons que l'orateur qui prétend persuader a deux objets différents à connaître : l'un qui peut changer sans cesse, c'est le sujet qu'il se propose de traiter ; l'autre qui ne change jamais, c'est l'esprit humain, qu'il retrouve partout où il s'adresse. Si la première de ces deux sciences lui manque absolument, il est évident qu'il sera réduit à se taire; mais ce cas extrême est rare. Si, au contraire, il a quelque connaissance de son sujet, fût-elle empruntée et imparfaite, il fera valoir le peu qu'il possède au moyen de cette connaissance des hommes, qui lui servira toujours. Il pourra donc arriver qu'il soit mieux écouté, qu'il ait plus d'autorité et plus d'action qu'un autre plus savant que lui, mais qui ignore le grand secret de se faire comprendre et de se faire croire. Et si on ajoute que dans les questions qui partagent les grandes assemblées, les considérations morales et politiques ont en général beaucoup plus d'importance que tout le reste, on regardera comme un droit et comme un bien cette prépondérance de la parole, qui semblait un scandale à des philosophes mécontents.

Les différents points aperçus et marqués par Aristote dans cette définition de trois lignes, ont fourni des disputes interminables aux dialecticiens qui l'ont suivi. Les Latins mêmes, nourris des livres des Grecs, se sont enfoncés comme eux dans ces subtilités, et si on veut voir ce que tous ces efforts ont amassé de nuages, il faut lire les dix derniers chapitres du second livre de Quintilien. Il discute sur le nom de la rhétorique, sur son essence, sur sa fin, si elle est utile, si elle est une vertu, si elle est un art, et quelle est sa place parmi les arts; et il présente sur chacun de ces problèmes tant de solutions, il les réfute si bien une à une, qu'il est impossible, quand la sienne arrive, qu'elle paraisse

mieux établie. Les difficultés dont il a entouré les
explications des autres l'enveloppent tout à coup lui-
même, et l'esprit renonce à espérer que la lumière
se dégage du choc des définitions et des arguments.
Je ne me jetterai pas dans cette mêlée, je m'en tiens
à la définition d'Aristote, et si celle-là même paraissait aujourd'hui trop minutieusement exacte, il ne
faudrait s'en prendre qu'aux subtilités dont Platon
avait embarrassé ces questions. Car, ainsi que l'a remarqué Voltaire, à propos de la Logique d'Aristote,
c'est l'abus des équivoques et des sophismes qui a
amené ce grand esprit à donner les formules du
syllogisme, et à soumettre à des règles précises et
rigoureuses les définitions et les raisonnements.

### De l'Enthymème.

C'est ici qu'Aristote entre dans les détails de son
sujet, et commence l'étude de la preuve et de l'argumentation oratoire. L'instrument de la preuve,
c'est l'enthymème. Ce mot n'exprime pas simplement, comme chez nous, un accident extérieur du
raisonnement, qui consiste en ce qu'une des deux
prémisses n'est pas exprimée ; c'est là une distinction
superficielle et sans aucune importance. Quand Aristote appelle l'enthymème le *syllogisme oratoire*, il
entend par syllogisme une déduction rigoureuse et
scientifique, par enthymème, un raisonnement fondé
sur l'opinion, et sur ces probabilités qui suffisent
dans la pratique des affaires. C'est ce que toute la Rhétorique fait entendre, et c'est ce qu'il a exprimé po-

sitivement dans les *Premières Analytiques* (II, 29,
2) : « L'enthymème est un syllogisme fait avec des
« vraisemblances, Ἐνθύμημα μὲν οὖν ἐστι συλλογισμὸς ἐξ
« εἰκότων. »

### Des Εἴδη et des Τόποι.

« Mais, dit Aristote, il y a entre les enthymèmes
« une grande différence, et que personne n'a aper-
« çue. » Cette différence, la voici : quand on conclut
par exemple du plus au moins, ἐκ τοῦ μᾶλλον, on fait
un argument qui peut s'appliquer à toute matière,
et qui ne se fonde ni sur le droit, ni sur la politique,
ni sur aucune connaissance des choses physiques ou
morales, mais sur les lois mêmes du raisonnement.
Ce sont là des cadres où tout peut rentrer, et c'est
pourquoi on les appelle des lieux communs, ou simplement des lieux, τόποι. Au lieu de cela, quand on
raisonne d'après certaines notions particulières,
l'argument ne peut s'appliquer qu'aux matières auxquelles se rapportent ces notions. Il est alors spécial
ou, selon les espèces, κατὰ τὰ εἴδη.

En un mot, les τόποι ne sont que des formes logiques, et en poussant l'analyse un peu avant, on
trouvera que le premier des *lieux* est la loi même
du syllogisme, qui consiste à conclure pour le cas
particulier ce qui a été établi en général ; on pourrait l'appeler le *lieu* du général au particulier.

Τὰ εἴδη au contraire, ce sont les observations, les
faits ou les idées, qui font la matière du raisonnement, et sans lesquels les formes sont vides.

Voici maintenant l'importance de cette distinction. Si la rhétorique n'est qu'une faculté générale
indépendante de toute application, un procédé de
démonstration et de persuasion, pour ainsi dire, où
prendra-t-elle ces notions spéciales, ces opinions et
ces principes, sans lesquels elle ne produirait rien,
puisqu'elle travaillerait sur rien?

Ce sera dans la philosophie morale et politique;
là est le fond que l'orateur mettra en œuvre avec
l'instrument de l'argumentation, et c'est ainsi
qu'Aristote a pu dire : La rhétorique tient à la fois
de la dialectique et de la morale, παραφυές τι τῆς
διαλεκτικῆς εἶναι καὶ τῆς περὶ τὰ ἤθη πραγματείας.

Mais il n'a point abusé de cette analyse comme
l'ont fait plus tard les philosophes de son école,
reprenant la dialectique d'un côté, la morale et la
politique de l'autre, et laissant la rhétorique entre
ces deux choses comme un vain mot. Avec moins de
rigueur et plus de justesse, il a compris que si la
rhétorique, considérée abstraitement et en idée, n'a
pas d'existence à part, si l'orateur, à le prendre de
cette manière, n'a pas une science à lui, il a néan-
moins dans la pratique un emploi particulier à faire
de la science : qu'il n'est pas un dialecticien ni un
philosophe de profession, mais qu'il emprunte seulement à la philosophie certaines ressources pour
venir à bout de certaines difficultés ; enfin, qu'outre
la dialectique et l'éthique absolues, il y a une dialectique de l'orateur, une éthique de l'orateur, et
que c'est ce qui doit composer un traité de rhétorique.

Cependant, de ces deux choses, les rhéteurs n'en étudient qu'une, et c'est la moins importante. Ils font un peu de dialectique, les uns plus, les autres moins; ceux-ci se bornant à passer en revue les noms et les formes des différentes sortes d'arguments ceux-là entrant dans la théorie des topiques. Mais pour une éthique oratoire, un inventaire des observations et des principes que la science morale et politique fournit à l'orateur, et qui sont les vraies sources du raisonnement, c'est ce qu'Aristote seul a fait, c'est par où son livre est original, et aujourd'hui encore cette théorie n'est pas moins neuve que lorsqu'il remarquait qu'elle était aussi ignorée qu'importante, μάλιστα λεληθυῖα σχεδὸν πάντας.

Théorie du raisonnement oratoire dans Aristote. Analyse de l'idée de l'utile (chap. 5, 6, 7).

Mais cependant cet inventaire, peut-on jamais espérer de l'établir, même d'une manière incomplète? N'est-ce pas vouloir mesurer l'infini que de prétendre dresser la liste des idées et des sentiments par lesquels nous donnons prise à l'orateur? Telle est sans doute la première impression; mais l'observateur qui arrête un regard patient sur le spectacle mobile de son âme, s'aperçoit à la fin que la variété qui l'étonnait est plus apparente que réelle, et que les influences qui entraînent nos déterminations sont en général toujours les mêmes. C'est ainsi que toutes les langues de la terre, et dans chaque langue tout ce qui a jamais été écrit ou parlé, n'est que la combinaison d'une trentaine d'articulations qui forment un alphabet universel. Cependant la pensée de l'homme est plus variée que son langage, et Aristote n'a pu tout dire, mais il nous a donné une méthode à suivre, c'est à nous de l'appliquer. D'ailleurs il a borné sagement ses recherches à ce qui intéresse l'orateur; c'est pourquoi négligeant, dans le trésor de notre intelligence, et les principes qui ont produit les sciences particulières, et ces notions métaphysiques trop abstraites pour être accessibles à la foule, et ces vues de l'imagination dont s'inspire la poésie, il s'est renfermé dans l'étude des motifs et des impressions qui déterminent dans les assemblées publiques les suffrages et les volontés.

Afin de mettre de l'ordre dans cette étude, il a tracé d'abord ( ch. 3 ) une grande division, qui lui a été indiquée par la distinction des trois genres de discours public que l'on connaissait de son temps. C'est le *délibératif,* employé dans l'assemblée du peuple pour soutenir un projet ou pour le combattre; le *judiciaire,* comprenant les accusations et les défenses en justice; l'*épidictique* ou discours d'apparat, offert comme un spectacle à des auditeurs curieux par un orateur qui n'avait aucune fonction publique et qui parlait pour faire montre de son talent. Telle est cette division célèbre des trois genres, qui n'exprime, comme on voit, qu'un fait, et qui n'aurait pas dû soulever tant de discussions.

Ensuite, Aristote a remarqué que le grand motif de persuasion qu'on fait valoir dans les délibérations publiques, c'est l'intérêt ou l'utile; dans les débats

judiciaires, c'est le droit; dans les discours d'apparat,
qui sont ordinairement des éloges, on regarde surtout ce qui est beau et honorable. Il importe donc
avant tout à l'orateur d'analyser avec soin ces trois
idées, de l'utile, du juste, du beau, qui décident de
nos opinions; et tous les principes du raisonnement
oratoire se trouvent dans cette triple analyse.

Cette pensée paraît bien simple, tant elle est d'accord avec l'expérience et le sentiment intérieur;
mais on la trouve profonde à la réflexion, et on reconnaît qu'elle va bien au-delà des études vulgaires
sur les diverses parties du discours et sur les tropes.
Je ne puis croire que l'apprenti orateur, qui entend
avec indifférence les dénominations et les définitions
savantes des figures de pensées et des figures de mots,
ne fût pas frappé si on lui disait : Vous essayez de
persuader les autres, et de leur faire adopter vos sentiments et vos décisions. Eh bien, ceux à qui vous
parlez sont des hommes, occupés de leurs intérêts,
d'ailleurs partisans de l'équité, et sensibles à tout ce
qui est grand. Vous réussirez donc si vous faites voir
que vous ne demandez rien que de profitable, de
juste et de noble. Mais ce n'est pas assez de le dire,
il faut le prouver; que vous manque-t-il pour cela?
C'est de savoir à quelles marques on peut faire reconnaître les avantages ou les inconvénients d'un
projet, par où et pourquoi les choses nous intéressent et nous blessent, comment notre choix se fixe
entre deux objets qui ont d'abord partagé notre esprit. C'est de bien apprécier ce qui fait le juste ou
l'injuste, de discerner les impulsions auxquelles on

a cédé, les intentions qu'on a témoignées, les circonstances qui atténuent la faute, ou qui l'effacent, ou qui l'aggravent. C'est de reconnaître sûrement dans les actions le côté louable ou le côté faible, de démêler les délicatesses de l'honneur, de mesurer l'héroïsme, de juger le beau dans la morale avec la même étendue et la même finesse que le connaisseur le juge dans les arts. Apprenez ces secrets, soit par vos observations personnelles, soit en profitant de l'expérience des autres, et à quelque sentiment que vous vous adressiez, vous ne manquerez jamais de bonnes raisons.

C'est ce qu'enseigne Aristote. Il commence (ch. 5) par l'étude du genre délibératif, c'est-à-dire par l'analyse de l'idée de l'utile [1]. Ces analyses sont véritablement le corps de sa méthode; je suivrai donc avec quelque détail celle qui se présente la première; elle suffira pour faire connaître le fruit qu'on peut tirer d'une rhétorique conçue sur ce plan.

[1] Je passe le chap. 4, employé à indiquer à l'orateur les divers sujets qu'il peut avoir à traiter dans les délibérations publiques. Voici sur ce chapitre la remarque de Voltaire : « Aristote veut « qu'un orateur soit instruit des lois, des finances, des traités, « des places de guerre, des garnisons, des vivres, des marchan- « dises. Les orateurs des parlements d'Angleterre, des diètes de « Pologne, des états de Suède, des pregadi de Venise, etc., ne « trouveront pas ces leçons d'Aristote inutiles. Elles le sont peut- « être à d'autres nations. »

Il me semble qu'on a quelque plaisir à relire aujourd'hui cette plainte, quand la France est sortie enfin du nombre de ces nations pour qui la lecture des orateurs de l'antiquité est comme un reproche et une humiliation toujours présente.

Les assemblées délibérantes se laissent donc en
général déterminer par l'intérêt, par l'utile; elles
cèdent à la considération d'un bien qu'on leur fait
espérer, d'un mal qu'on leur fait craindre. Mais
qu'est-ce que l'utile? qu'est-ce qui est un bien ou un
mal? Aristote distingue les biens positifs, sur lesquels tout le monde est d'accord, des biens d'opinion, qui tirent leur prix de notre manière de voir
et qui en dépendent. Il dresse d'abord la liste des
biens positifs, qui ne sont autre chose que les
divers avantages dont la réunion composerait, si
elle était possible, ce que nous appelons le bonheur.

Ces biens sont ceux du corps, ceux de l'âme, ceux
de la fortune. Je ne m'y arrêterai pas; il me semble
qu'ils fournissent plutôt une matière pour le panégyrique, que des moyens pour la discussion dans le
genre délibératif.

Mais l'argumentation s'exercera sur ces biens
d'opinion, sujets à contestation, ἀμφισβητήσιμα, et
que chacun n'entend pas de même : c'est là que souvent chaque chose devient bonne ou mauvaise au
gré des raisonnements de l'orateur, qui tourne les
esprits comme il lui plaît (ch. 6). Vous voulez
persuader à un peuple que telle mesure est avanta-
geuse, que telle conduite est bonne à tenir, faites-
lui voir que ses ennemis en souffriront : ou au contraire qu'elle est mauvaise et pernicieuse, montrez
qu'elle leur sera un sujet de joie. C'est ainsi que parle
Nestor, pour rappeler Achille et Agamemnon à
l'union et à la concorde : Combien va se réjouir Priam,

et les enfants de Priam (*Il.*, α, 255). C'est l'argument du singe et du chat de La Fontaine :

> Nos galants y voyaient double profit à faire ,
> Leur bien premièrement , et puis le mal d'autrui.

Argument qui peut tromper cependant , comme nous en avertit Aristote ; car on n'arrête pas toujours où on veut le mal qu'on fait ; et il peut arriver que le coup que nous avons frappé sur autrui retombe ensuite sur nous-mêmes.

*C'est un bien que ce dont le contraire est un mal.* Ce raisonnement est si simple qu'il semble inutile ; car n'est-il pas aussi aisé de montrer le bien directement, que de prouver qu'il est le bien par l'opposition du mal contraire ? Cependant telle est la nature de l'homme, que le contraste du mal est le moyen le plus sûr de lui faire sentir le bien. Si vous parlez pour la liberté, ne vous contentez pas d'en présenter les avantages ; étalez surtout le triste spectacle de la servitude, ses ignominies et ses misères. Si au contraire vous défendez la cause de l'ordre contre la licence, ne vous renfermez pas dans l'éloge d'un État paisible et régulier, mais plutôt marquez des traits les plus forts les folies et les horreurs de l'anarchie [1].

*Le bien est dans une juste mesure de toute chose,* le mal est dans l'excès. C'est la pensée d'un axiome célèbre : Rien de trop, μηδὲν ἄγαν, que la Grèce

---

[1] Cet argument n'est autre chose qu'une application spéciale du lieu commun des contraires. Voir plus loin.

attribuait à l'un des sept sages. C'est le principe de toute bonne philosophie, mais en particulier de celle d'Aristote, qui est raisonnable avant tout; on sait que dans sa Morale il a placé chaque vertu dans un milieu fixe entre un excès et un défaut. A considérer ce principe comme moyen oratoire, il n'y en a pas dont l'effet soit plus sûr, parce qu'il n'y en a pas de plus conciliant. La plupart des esprits s'effraient de ce qui est extrême, et aiment qu'on les rassure en leur montrant qu'on ne les conduit pas trop loin.

C'est un bien à nos yeux, dit Aristote, qu'une chose pour laquelle nous avons beaucoup fait ou beaucoup dépensé. Et il cite encore deux passages d'Homère; car Homère est pour les Grecs la source de la rhétorique comme de tous les arts. Je pourrais apporter des exemples beaucoup plus modernes, et je les prendrais autour de moi, dans telle discussion célèbre dont la presse et la tribune retentissent depuis longtemps. Qui de nous ne s'est pas écrié, comme la Junon d'Homère :

Eh quoi ! ils laisseraient aux barbares joyeux et à leur monarque cette proie pour laquelle tant de guerriers ont péri sur la terre barbare, loin du beau ciel de la patrie [1] !

Combien de fois n'avons-nous pas entendu redire ce que dit Ulysse à l'assemblée des Argiens :

Il est honteux d'avoir persisté si longtemps pour s'en retourner les mains vides : αἰσχρόν τοι δηρόν τε μένειν κενεόν τε νέεσθαι [2] !

[1] *Il.*, β, 160.
[2] *Il.*, β, 298.

Ainsi les formules d'Aristote, sous leur enveloppe vieillie et desséchée, couvrent des sentiments toujours nouveaux. Ces pages, qui ne semblaient contenir qu'une lettre morte, paraissent toutes pleines de vie, quand on vient à les déchiffrer. Les étiquettes du philosophe marquent chacune des cordes du cœur humain; touchez celle qu'il vous indique, elle va résonner à l'instant même et répondre à votre appel.

On placera au rang des biens ce qui est envié de tous, ce qu'on se dispute avec ardeur, ce qui est généralement loué. Celui-là a *bien* agi, qui est loué même de ses ennemis et de ceux à qui il a fait du mal. Dans un autre sens, au contraire, votre conduite n'est pas *bonne* pour vous-même, si elle a l'agrément de vos ennemis. C'était une insulte au peuple de Corinthe que ce vers de Simonide : Ilion n'a pas à se plaindre des Corinthiens [1]. C'est ainsi que chez les modernes l'une des méchancetés les plus familières à la satire politique consiste à présenter le gouvernement qu'on attaque comme le serviteur complaisant des ennemis de l'État.

Faites encore valoir comme un bien ce qui a été jugé tel par quelque autorité imposante. C'est un bien que la mort, disait la sagesse antique ; car les dieux l'ont accordée, comme le premier des biens, à une sainte prêtresse qui les implorait pour deux enfants vertueux.

Un bien nous attire quelquefois parce qu'il est

[1] Κορινθίοις δ' οὐ μέμφεται τὸ Ἴλιον.

facile à acquérir, quelquefois au contraire. Étudiez surtout les pensées qui occupent actuellement vos auditeurs ; *car le désir du moment est toujours pour l'homme la mesure du bien.*

Le cœur humain est jaloux ; c'est donc pour nous un grand bien que celui que nous possédons seuls ou dont nous avons la plus grande part. Il semble à cet homme que tel avantage lui convient particulièrement, et est en harmonie avec ses goûts, ses facultés, sa naissance ; il attache alors à ce bien d'autant plus de prix. Enfin c'est un bien, dit Aristote, que ce que nous trouvons qui nous manque, quelque peu de chose que ce soit, καὶ ὧν ἐλλείπειν οἴονται κἂν μικρὰ ᾖ. Voilà bien cette convoitise infinie de l'âme humaine, par laquelle nous nous refuserions encore au bonheur, quand le bonheur se donnerait à nous. Cet homme est arrivé presque aux dernières limites où ses souhaits pouvaient s'étendre ; on peut dire que ce qui reste au delà n'est rien : mais ce rien gêne encore son imagination, ce rien gâte son point de vue :

*O si angulus ille*
*Proximus accedat, qui nunc denormat agellum!*

Si on avait affaire à un auditeur indifférent, il suffirait pour l'attirer de lui présenter tel ou tel appât qu'il suivrait aussitôt sans résistance. Mais il arrive presque toujours dans les délibérations humaines que chaque parti a ses avantages et chaque conseiller ses promesses qui tiennent l'esprit en balance. Aussi, après avoir passé en revue les motifs

simples par lesquels celui qui parle peut nous in-
téresser à sa cause, Aristote expose en détail les
raisons de préférence entre deux biens opposés
( ch. 7 ).

Le bien qu'on désire pour lui-même, καθ' αὐτό,
doit être préféré à celui qu'on recherche seulement
afin d'en atteindre un autre, et qui n'est pas un but,
mais un moyen. Voilà encore un de ces principes qui,
présentés d'une manière abstraite, semblent être
d'une évidence stérile et d'où il n'y a rien à tirer.
Nous savons cela, dira-t-on ; cela ne nous apprend
rien. Mais l'analyse psychologique n'est pas faite pour
nous découvrir des choses nouvelles et ignorées ; son
utilité est de nous faire réfléchir sur celles que nous
connaissons, sans doute, mais que nous ne remarquons pas assez ; c'est de nous faire penser à considérer un objet sous tel ou tel point de vue qui nous
avait échappé. Les applications rendent cela sensible. L'orateur qui, en parlant contre la guerre,
soutient qu'une paix honorable vaut mieux que la
victoire même, puisque le plus grand prix de la
victoire est la paix conclue avec honneur, ne fait que
produire un cas particulier de la formule d'Aristote.
C'est le même argument dont se servait Épicure
pour démontrer que le plaisir est le souverain bien ;
car, disait-il, que cherche-t-on dans la vertu même,
sinon le plaisir d'être vertueux ? Pyrrhus veut con-
quérir la Grèce, l'Italie, la Sicile, l'Afrique, l'Es-
pagne, la terre entière, tout cela on sait pourquoi :

Nous pourrons rire à l'aise et prendre du bon temps.

4

Mais que lui répond Cinéas?

> Hé, Seigneur, dès ce jour, sans sortir de l'Épire,
> Du matin jusqu'au soir qui vous défend de rire?

C'est-à-dire que le vrai bien pour Pyrrhus serait donc de rester tranquille, puisque c'est là le ἕνεκα αὐτοῦ αἱρετὸν καὶ οὗ ἕνεκα ἄλλο αἱρεῖται.

Ce n'est pas assez de comparer deux biens en eux-mêmes et absolument; comparez-les dans leurs principes et dans leurs conséquences.

Comparez-les aussi dans leur degré extrême (ὑπεροχή); celui qui, poussé à l'extrême, vous paraît préférable, est en effet celui qui vaut le mieux. On ne lit pas sans être ému, dans le livre II de la République de Platon, ce parallèle extraordinaire entre le bon et le méchant poussés tous deux jusqu'à l'idéal. D'un côté, c'est l'injustice pure, abandonnée à tous ses penchants, débarrassée de tous les périls et de toutes les conséquences fâcheuses devant lesquelles elle pourrait reculer; encouragée au contraire par les biens et les honneurs dont les hommes trompés la comblent, armée de la fortune, de la grandeur, de la réputation, de l'éloquence, en un mot, véritablement souveraine. De l'autre côté, c'est le juste dépouillé de tout, et à qui il ne reste que sa justice, pauvre, humilié et impuissant, d'autant plus malheureux qu'il mérite davantage, et s'enfonçant de plus en plus dans l'infortune à mesure qu'il avance dans la vertu; jusqu'à ce qu'enfin enchaîné, flagellé, torturé, il arrive à la mort par les plus affreux supplices. Glaucon, qui fait ce double portrait, croit plaider contre la justice, en la représentant comme une illusion, et le juste comme étant, pour ainsi dire, la dupe des hommes et des dieux. Mais par un art sublime, c'est une impression toute contraire que ces images produisent sur nous : c'est le juste que nous admirons, c'est lui dont nous envions les épreuves mêmes, et dont le sort nous paraît vraiment divin. Je ne crois pas qu'on puisse trouver un emploi plus admirable de cette faculté que nous avons de juger les choses en les exagérant. O Glaucon ! s'écrie Socrate, chacun de tes deux personnages est modelé et idéalisé comme une statue [1]. Le procédé de Glaucon n'est autre que celui d'Aristote : καὶ ὧν ἡ ὑπεροχὴ αἱρετωτέρα ἢ καλλίων.

Je termine ici ce résumé, qui semblera peut-être déjà bien long. Mais comment caractériser une pareille rhétorique autrement que par des détails, et qu'en mettant à l'épreuve les moyens qu'elle fournit à l'orateur ? Cette épreuve moderne d'un art antique était délicate ; j'espère cependant qu'elle paraîtra satisfaisante, et qu'on ne trouvera pas ces analyses sans intérêt pour les études de pensée et de style qui font l'objet d'une éducation vraiment classique. Si c'est un grand mal que d'écrire sans avoir d'idées, et de s'exercer à manier les formes du style quand le fond manque à l'esprit ; si on fait sagement, pour appliquer les jeunes gens à la composition littéraire, d'attendre la fin des classes, et l'âge où on

[1] P. 361, D.

commence à observer et à réfléchir; n'est-il pas bon
de favoriser le travail de la réflexion, en présentant
à l'intelligence ces notions morales à la fois simples
et fécondes qui peuvent s'appliquer partout? L'expérience peut les suggérer sans doute, et je n'entends pas seulement celle qu'on acquiert dans le
monde par soi-même : j'entends aussi cette autre expérience qu'on puise dans la lecture des poëtes et des
orateurs. Leurs ouvrages, en rapprochant les différents traits du vaste tableau de la vie, permettent
ainsi à une seule vue de le saisir dans son ensemble.
Mais ce n'est pas assez d'avoir devant soi une grande
scène, si les yeux s'y promènent confusément sans
y rien distinguer; il faut apprendre à regarder et à
voir, c'est ce qui se fait par l'analyse. Il n'y a point
de rhétoricien qui ne sente que chacun regarde
comme un malheur et comme une honte de faire
une action dont ses ennemis puissent s'applaudir ;
mais il y en a qui, ayant à faire parler Nestor devant
Achille et Agamemnon emportés par leur colère,
ne penseraient pas à employer ce moyen. Tout le
monde sait que l'homme dont les désirs semblent
remplis, met un prix infini à la moindre satisfaction
qui lui manque : quand Hydaspe s'étonne de l'importance qu'Aman attache à la vie de Mardochée,
on admire dans la réponse d'Aman le cri de la passion qui s'échappe :

> Non, il faut à tes yeux dépouiller l'artifice.
> J'ai su de mon destin corriger l'injustice.
> Dans les mains des Persans jeune enfant apporté,
> Je gouverne l'empire où je fus acheté.

Mes richesses des rois égalent l'opulence ;
Environné d'enfants, soutiens de ma puissance,
Il ne manque à mon front que le bandeau royal.
Cependant, des mortels aveuglement fatal !
De cet amas d'honneurs la douceur passagère
Fait sur mon cœur à peine une atteinte légère ;
Mais Mardochée, assis aux portes du palais,
Dans ce cœur malheureux enfonce mille traits ;
Et toute ma grandeur me devient insipide
Tandis que le soleil éclaire ce perfide.

Tout le monde se dit : Voilà la nature. Mais sans parler même de la beauté du style et des vers, cette pensée, cette considération logique, dans son expression la plus sèche, ne serait pas venue à l'esprit de tout le monde, en traitant ce même sujet.

Est-ce donc que moyennant ces formules le moindre esprit puisse abonder en idées, et partager avec Homère ou Racine le beau don de l'invention ? Qui le soutiendra ? qui le croira ? personne sans doute ; mais personne ne peut contester non plus que la distance qui sépare l'esprit créateur du talent vulgaire, distance qui n'est jamais comblée, ne soit diminuée cependant par des études qui mettent la plupart des hommes au courant des découvertes que les génies éminents ont faites dans le cœur humain. Qu'est-ce en effet que l'éducation en général, et en quoi consiste-t-elle, sinon à mettre insensiblement à la portée de tous la lumière qui n'éclairait d'abord qu'un petit nombre d'intelligences, de manière que la foule, longtemps aveugle, prenne enfin sa part du spectacle ? Les grands hommes le verront toujours mieux qu'elle, mais elle en jouira aussi à un

moindre degré. C'est ainsi que les arts, la poésie,
l'éloquence, qui dans l'origine semblent être tombés du ciel sur quelques têtes plus élevées, des-
cendent peu à peu sur les autres, et deviennent en
quelque sorte, comme l'air et le jour, un bien commun. Et cette œuvre de l'éducation, que personne
ne méconnaît, comment est-ce qu'elle s'accomplit?
On reconnaît encore que c'est par l'étude et l'imi-
tation des beaux ouvrages. Mais cette étude peut être
purement instinctive, ou au contraire intelligente
et réglée : et laquelle est la meilleure, si ce n'est
celle qui est la plus courte et la plus sûre tout à la
fois? Ainsi donc, pour apprendre cet art du raisonnement oratoire, qui fait le fond du talent de la
parole, on ne se contentera pas de lire et de relire
les puissantes argumentations de Démosthène, de
Cicéron ou de Bossuet, mais on tâchera d'en pénétrer l'esprit et la méthode, parce qu'ainsi on les
saisira plus vite, et on les comprendra mieux : on
observera à quel principe se rattache tel ou tel argument, si ce principe est d'un usage fréquent,
facile, avantageux, comment les développements
peuvent se modifier sans que le fond cesse d'être le
même. On fera enfin le travail qu'a tracé Aristote;
on répétera ses observations, et elles en amèneront
d'autres. Car il n'a pas pu tout dire; et ce n'est pas
un des moindres avantages à tirer de sa Rhétorique
que de pouvoir se faire à soi-même, en suivant sa
méthode, une rhétorique beaucoup plus complète,
dont le plan est déjà dans son ouvrage, mais dont chacun, par ses études particulières, suppléera les détails.

Cette sorte de rhétorique créatrice n'était pas celle qu'enseignaient en général les maîtres de l'art, si on juge de ce qu'était l'art à cette époque par la Rhétorique à Alexandre. Qu'on lise, par exemple, les deux premiers chapitres qui traitent du genre délibératif, on y trouvera, bien distribuée et bien classée, la matière des discours de ce genre ; mais le rhéteur ne nous en fait pas saisir l'esprit. L'orateur, dit-il, doit faire en sorte de montrer que ce qu'il propose est juste, légal, utile, beau, agréable, facile enfin, ou du moins possible et nécessaire ; mais il ne dit pas ce qui fait l'utile, le beau, le juste, ce que c'est que la loi, par quels côtés les choses nous paraissent agréables, ni par où nous mesurons la facilité ou la difficulté d'une entreprise. Il se contente d'une courte définition des termes, puis il ajoute que chacun de ces moyens peut être développé soit par lui-même, soit par les ressemblances, soit par les contraires, soit par l'autorité : ce sont des classifications et non pas des observations. Il compte sept sujets différents des délibérations publiques. Le premier comprend tout ce qui concerne les choses sacrées, τὰ ἱερά. Sur ce chef on peut proposer, ou de conserver les cérémonies anciennes, ou d'en retrancher quelque chose, ou d'y ajouter. Pour la première proposition, on peut tirer des moyens du juste, de l'utile, du beau, de l'agréable, du possible. Du juste : il est juste en toute chose de respecter les traditions du passé, et la religion qui a présidé à la fondation des cités ne doit pas être arbitrairement changée par elles. De l'utile : en ajoutant aux dépenses du culte on compromet la fortune publique et celle des particuliers ; en les diminuant, on diminue la confiance des citoyens, qui s'entretient par la stabilité des institutions. Et ainsi du reste. On voit que si d'un côté les principes sont trop vagues et trop généraux, de l'autre ce sont là des applications trop spéciales. Ces arguments de détail peuvent être commodes quelquefois dans la pratique du métier d'orateur ; mais, étant renfermés dans certains cas d'où ils ne peuvent s'étendre à d'autres, ils constituent, si on veut, des exercices d'argumentation, mais non pas une méthode. J'en dirai autant des considérations du même ordre qui se trouvent rejetées, on ne sait pourquoi, dans le trente-quatrième chapitre. Telle n'est pas la doctrine d'Aristote dans sa grande Rhétorique : à la place de ces distributions exactes et symétriques, et de ces renseignements particuliers sur telle ou telle question qu'on discute dans les assemblées, il ouvre librement et dans tous les sens des vues générales, où rien n'embarrasse la mémoire, et où tout profite à l'esprit, même ce qui n'est pas exprimé.

Comme les moyens du genre délibératif sont pris de la considération de l'utile, ceux du genre épidictique et du genre judiciaire se tirent de l'idée du beau et de l'idée du juste. Aristote analyse donc également ces deux idées, et donne les règles de ces deux espèces de discours. Il étudie surtout longuement le genre judiciaire. Il définit l'injustice ; il examine quelles sont les choses qui portent à être

injuste; qui sont ceux qui commettent l'injustice;
qui sont ceux envers qui on la commet volontiers.
Et comme ordinairement c'est leur plaisir que les
hommes cherchent dans les actions injustes, il étudie le plaisir, il le définit, le décrit, et passe en revue les différentes choses qui nous donnent du plaisir.
Il détermine ensuite les caractères qui font une action
juste ou injuste, d'après la loi naturelle ou d'après la
loi écrite, et par rapport à la société tout entière
ou aux particuliers. Il recherche quelles sont les
conditions de la moralité dans nos actes. Enfin il
marque les différents degrés qu'il peut y avoir dans
l'injustice, et indique les moyens de faire paraître
tel délit plus grave ou plus léger que tel autre. Je
ne reproduirai pas ces analyses; on y retrouverait
le même genre d'intérêt et de mérite que dans celle
des diverses sortes de biens (chap. 9-14).

### De la grande place que tient le genre judiciaire dans les Rhétoriques.

Je remarquerai seulement qu'Aristote, qui se
plaint plusieurs fois de la prédilection des rhéteurs
pour le genre judiciaire, s'en est occupé lui-même
avec un soin tout particulier : c'est de beaucoup
celui qui tient le plus de place dans son livre. C'est
la même chose dans Cicéron et dans Quintilien. En
effet, il y a une raison pour qu'il en soit ainsi : c'est
que le discours judiciaire est assujetti à un plus
grand nombre de conditions extérieures, qui sont
déterminées d'avance, et pour lesquelles on peut se

préparer. Rien de plus varié que les sujets des délibérations d'une assemblée, de plus imprévu que les
circonstances au milieu desquelles il faut prendre
un parti, de plus indéterminé que les résolutions à
proposer, que les ressources à indiquer, que les objections à réfuter ou à prévenir. Devant les tribunaux, au contraire, quelle que soit la diversité des
personnes ou des occasions, il y a toujours quelque
chose de fixe. La loi est là, qu'il s'agit d'interpréter;
les principaux moyens pour et contre sont prévus,
il ne reste qu'à les faire valoir. Les faits sont dans le
passé, acquis à l'avocat, et fournissant à son argumentation un fond solide, tandis qu'à la tribune publique on ne trouve devant soi qu'un avenir inconnu,
sur lequel on n'a pas de prise. En politique, on a
affaire à une nation ou à un gouvernement, c'est-à-
dire à une abstraction; en justice, c'est un homme
que vous avez à combattre; et dès lors quelle riche
matière nous offrent les circonstances de sa vie, ses
antécédents, ses relations, ses intérêts, ses passions,
ses habitudes : que d'applications à faire de la connaissance du cœur humain! Les témoins, les con-
frontations, les expertises, les pièces écrites, que de
ressources pour alimenter l'éloquence de l'orateur!
Enfin, dans un tribunal chacun a sa place et son caractère; les rôles sont distribués; voici le juge, le
demandeur, le défendeur; chacun fait à son tour
son personnage; c'est une pièce toute bâtie, où les
paroles ne sont pas écrites d'avance, mais où l'acteur
sait en gros ce qu'il doit dire et ce qu'il doit répliquer.
Ne voit-on pas que l'arrangement même des parties

du discours est réglé et presque invariable? A la tribune on peut se passer d'un exorde et aller au fait, parce qu'il ne s'agit que des choses; mais l'avocat qui plaide pour les personnes ne peut trop s'empresser de recommander la cause et les intérêts qu'il défend. Ensuite vient nécessairement la narration, car ce sont les faits qui font l'objet du débat, et il faut qu'il mette tout son art à les présenter sous le jour où il veut qu'on les voie. Puis la confirmation succède, et c'est dans le discours judiciaire qu'elle a les formes les plus accusées et les mouvements les plus marqués : l'orateur politique développe une opinion et la démontre; l'avocat conteste et argumente sur chaque point : cela est vrai, ou cela n'est pas vrai; la loi a ce sens, ou elle a cet autre; c'est sur ces questions précises, arrêtées, et qui ne comportent qu'une solution, que s'exerce sa dialectique. L'orateur politique fait la grande guerre, l'avocat livre un combat singulier; son argumentation est une escrime. Quant à la péroraison, la sagesse des institutions modernes en a borné les effets; mais qu'on la prenne complète et puissante comme elle a été chez les anciens, faisant frémir les auditeurs de colère, ou leur arrachant des gémissements et des pleurs, et on comprendra qu'elle n'était vraiment à sa place que dans le discours judiciaire.

On voit assez que l'éloquence des assemblées délibérantes est plus libre, plus soudaine, plus personnelle, plus indépendante en tout point des usages et des conventions : il est donc tout naturel qu'elle ait moins occupé les maîtres de rhétorique. Mais on a pu reconnaître, par l'analyse que j'ai précédemment reproduite, qu'Aristote est loin de l'avoir négligée, · et qu'il a donné à l'orateur une ressource toujours prête, celle de la philosophie et de l'observation.

C'est une chose remarquable, pour le dire en passant, qu'il en est des Poétiques comme des Rhétoriques. Elles ont aussi leur sujet préféré : c'est l'étude de la poésie dramatique, et en second lieu celle de l'épopée. Pourquoi? Parce que la poésie lyrique, didactique ou satirique, n'a d'autre forme que celle que lui donne le caprice du poëte; tandis que dans le poëme épique, et surtout dans le drame, sa puissance créatrice est limitée par une multitude de conditions auxquelles il faut qu'il s'accommode, et les procédés savants par lesquels il vient à bout d'y satisfaire sont ce qui constitue l'art.

Avant de passer au second livre d'Aristote, je m'arrêterai encore au premier, que je considère comme représentant suffisamment sa méthode et sa manière, et j'examinerai les défauts qu'on peut reprocher à ses analyses. Ces défauts sont la subtilité dans les idées, et un désordre dans l'exposition qui produit parfois l'obscurité.

*Appendice*. — Du désordre de l'exposition dans la Rhétorique d'Aristote.

Ce désordre n'étonne pas ceux qui ont seulement jeté les yeux sur d'autres ouvrages d'Aristote; il n'y en a pas un qui de ce côté satisfasse complétement l'esprit. Les érudits et les philosophes disputent encore aujourd'hui sur l'ordre dans lequel il faut placer les quatorze livres de la Métaphysique ; et il se trouve des arguments pour soutenir cette proposition étrange, que ce qui est à la fin serait peut-être mieux au milieu, et réciproquement. Mêmes difficultés pour la Politique ; et le savant professeur qui l'a traduite le dernier a cru en effet devoir déranger l'ordre accoutumé des livres. Le petit livre de la Poétique n'est pas un des moins embarrassants ; en avons-nous la fin ? y a-t-il des lacunes dans le texte ? C'est ce qui n'est pas éclairci. On attendrait du moins plus de clarté d'un ouvrage sur les sciences naturelles ; cependant les Recherches sur les animaux ont soulevé les mêmes doutes. L'éditeur français, Camus, n'est pas sûr de la place des neuf livres, et il nous apprend que Réaumur reprochait à l'ouvrage entier de manquer d'ordre et de lumière. Faut-il imputer cette confusion aux héritiers de Nélée de Scepsis, qui, à ce qu'on prétend, jetèrent pêle-mêle dans leurs caves les écrits d'Aristote ? gens pires encore que l'ignorant de La Fontaine, lequel, du moins, portait son manuscrit *chez son voisin le libraire.* On a assez dit tout ce que ce récit a d'invraisemblable ; et d'ailleurs, puisque nous possédons tous les mots du texte, comment n'aurions-nous pas ressaisi l'ordre des idées, si cet ordre était bien rigoureux ? Il vaut mieux dire qu'Aristote lui-même n'a pas apporté assez de soin à la composition de ses livres ; qu'il y a jeté ses pensées comme elles lui venaient à l'esprit, et que ce ne sont guère que des cahiers de

notes, où il a déposé sa science avec toute la liberté
qu'on prend quand on ne parle que pour soi. En général les anciens, qui composaient avec tant de perfection les ouvrages d'art, ne savaient pas faire un
traité. M. Villemain a dit[1] que *le seul mérite qu'on
désirerait au style philosophique de Cicéron, est
celui qui n'a pu appartenir qu'à la philosophie moderne : l'exactitude des termes, inséparablement
liée aux progrès de la science, et à cette justesse
d'idées, si difficile et si tardive.* Chez Aristote non
plus, l'exactitude, la justesse, l'accord ne se trouvent
pas toujours dans les termes, et la manière dont
s'enchaînent les propositions et les développements
est souvent peu satisfaisante.

Cependant, entre tous ses ouvrages, la Rhétorique
est le plus lucide. Les trois livres qui la composent
sont parfaitement à leur place, et dans chacun d'eux
il y a un plan général très-régulier. Rien de plus facile à faire que le sommaire de l'ouvrage. De la rhétorique en général; de l'argumentation; moyens
d'argumentation particuliers à chaque genre; genre
délibératif; genre épidictique; genre judiciaire
(parmi les moyens qui se rapportent à ce dernier
genre, est comprise l'étude des passions et des
mœurs). Moyens qui conviennent également à tous
les genres : l'exemple, l'apologue, la sentence, l'enthymème (lieux communs pour l'enthymème). De
l'élocution; des éléments du style; des qualités du
style; des traits brillants; des divers genres de style.

[1] Notice sur Cicéron, dans la *Biographie universelle.*

De la disposition et des parties du discours : exorde, narration, confirmation, péroraison.

Ce n'est donc que dans l'exposé des détails qu'il se trouve de la confusion et du désordre, mais cela arrive assez souvent. Il est difficile d'en donner des exemples, car il est à craindre que l'exposé de cet embrouillement de mots et de pensées ne soit lui-même embrouillé. Mais qu'on relise les divers endroits où Aristote parle de ce qu'il appelle τὸ ἦθος ou τὰ ἤθη, on le trouvera très-confus. Ici (I, 2) il annonce comme le second des trois moyens de persuasion, l'emploi des mœurs oratoires, ἦθος, et comme le troisième, celui des passions, πάθη. Là (II, 1), exprimant à peu près les mêmes idées, mais dans d'autres termes, et sans se servir du mot ἦθος, il ne dit que quelques mots des mœurs oratoires, et passe à l'étude des passions. Puis tout à coup, un peu plus loin (II, 12), ayant fini cette étude, et quand on n'attend plus rien, il continue sans aucune explication : *Quant aux* ἤθη, etc., et il décrit les mœurs des jeunes gens, des vieillards, etc., ce qui est tout autre chose que les mœurs oratoires. Ce n'est pas tout ; il comprend cette fois dans les ἤθη les πάθη comme n'en formant qu'une partie (première phrase du chap. 12). Je sais bien qu'ici il n'y a au fond aucune confusion dans les choses, mais il y en a beaucoup dans l'expression. J'en dirai autant du mot ἐνθύμημα, et des divers sens qu'il lui donne, ou qu'il a l'air de lui donner ; quelquefois il semble qu'il ne mette entre le syllogisme et l'enthymème d'autre différence que celle de la forme, te-

nant à une proposition ou exprimée ou sous-enten-
due. Ailleurs il paraît, et c'est bien certainement sa
pensée, qu'il oppose ensemble, sous ces deux noms,
deux sortes de raisonnement qui diffèrent essentiel-
lement et en principe.

Tout le second chapitre du premier livre est très-
pénible à déchiffrer. La distinction de l'εἰκός, du
σημεῖον, du τεκμήριον, n'est pas plus nette que celle du
syllogisme et de l'enthymème. Je ne pourrais le faire
bien voir qu'en le traduisant ; mais à quoi bon traduire des choses aussi peu satisfaisantes ?

Au commencement du chapitre 5, Aristote dit
que le but de tous les hommes, c'est le bonheur, ἡ
εὐδαιμονία, et ses différentes parties : c'est par la considération des choses qui nous approchent du bonheur ou qui nous en éloignent, qu'on déterminera
nos résolutions ; c'est donc ce qu'il faut étudier tout
d'abord. En effet, il commence par définir le bonheur en général, et il fait cette définition de quatre
manières ; puis il recherche les divers éléments dont
le bonheur se compose, et les définit aussi successivement. C'est la naissance, la fortune, une longue
vie ; c'est d'être heureux en enfants et en amis ; ce
sont les qualités du corps, santé, beauté, force ;
celles de l'âme, sagesse, justice, courage, modération, etc., cela remplit plusieurs pages. Puis au chapitre 6, tout recommence, on remonte de nouveau
au principe. Cette fois ce n'est plus le bonheur, c'est
l'utile ou le bien, τὸ συμφέρον, τὸ ἀγαθόν. Suit une définition très-savante de ce qu'il faut entendre par le
bien, et des idées particulières comprises sous cette

idée générale. Voici, continue Aristote, les différentes espèces de biens. D'abord le bonheur, ἡ εὐδαιμονία. Puis la justice, le courage, la modération et les autres vertus. Ensuite la beauté, la force, et autres qualités du corps. Après cela les amis, la fortune, la réputation, etc. On voit que le chapitre qui précède est comme non avenu; tout ce qu'il contient est repris ici, plus brièvement, il est vrai, mais non pas sous la forme d'une récapitulation. Ce sont des définitions nouvelles, des distributions nouvelles aussi; ce qui tout à l'heure était le tout, n'est plus maintenant que la partie; en un mot les deux chapitres paraissent tout à fait indépendants l'un de l'autre; il semble qu'on ait mis le second dans un cahier, longtemps après y avoir mis le premier, et sans prendre la peine de le relire.

Je ne donnerai pas d'autres exemples; en voilà assez pour faire comprendre le défaut que j'ai signalé. Mais que conclure de tout cela? Faut-il reconnaître que cet Aristote, tant célébré comme le premier logicien du monde et comme l'esprit le plus scientifique, était un philosophe sans méthode? Ce mot de méthode pourrait nous tromper. Il signifie la route, mais il faut distinguer la route par laquelle les penseurs vont à la découverte de la vérité, de celle par laquelle un maître conduit ses élèves à travers les vérités une fois trouvées. Il y a une méthode pour l'invention; il y en a une pour l'enseignement; c'est la dernière qui manque trop souvent dans Aristote. Quant à la méthode pour découvrir, qui l'a possédée mieux que lui; et où paraît-elle mieux que

dans la Rhétorique? Quoi de plus véritablement philosophique que cette recherche des différents motifs
par lesquels l'orateur peut nous conduire, et que la
réduction de ces motifs à trois idées principales sur
lesquelles porte tout discours public? Rien certainement n'est plus lumineux, rien n'éclaire davantage
le travail caché que l'éloquence fait dans nos âmes.
La confusion dans Aristote est toute extérieure,
c'est celle d'une pensée qui se produit au dehors avec
la même liberté qu'elle se présente à l'entendement;
c'est une insouciance de la forme, qui marque un
esprit toujours impatient d'aller au fond, et qui n'a
pas de temps à perdre. Elle ne saurait cependant être
approuvée. La clarté de l'expression est utile au
maître comme aux disciples, car elle l'oblige à ne
rien dire sans être sûr de ce qu'il dit. Je ne doute pas
que la Métaphysique, par exemple, si elle était plus
claire, ne gagnât aussi en solidité, et même en pro-
fondeur. Mais en même temps je me persuade que
si Aristote s'était astreint à composer, sur chacun des
objets de ses études, un traité bien ordonné, sa merveilleuse activité n'aurait pas suffi à écrire seulement
la moitié de ce qu'il nous a laissé d'ouvrages. S'il s'est
trouvé un homme chez les anciens pour professer
la science universelle, c'est qu'il n'avait aucun des
embarras que la science traîne après elle aujour-
d'hui ; et ce n'est pas le moindre de ces embarras
que de conserver toujours la netteté des termes,
l'enchaînement naturel des propositions, et la proportion dans les développements.

### Des subtilités d'Aristote.

Venons aux subtilités d'Aristote. La subtilité est
le vice radical des Grecs ; leur finesse dégénère en
raffinement, leur vivacité en intempérance. Poëtes,
orateurs, philosophes, tous abusent du raisonnement et de l'analyse ; sous un sentiment très-vrai,
sous un parfait bon sens, on aperçoit des curiosités
de dialectique ou de langage qui ne semblent pas
sérieuses. Dans Platon même et dans Aristote il y a
déjà quelque chose des sophistes byzantins. Et il n'est
pas inutile de remarquer combien le divin Platon,
orateur et poëte autant que philosophe, est plus
subtil encore et plus ergoteur qu'Aristote, ce génie
analyste et dialecticien.

J'ai déjà signalé ces quatre définitions du bonheur formulées coup sur coup dans une même
phrase. C'est dans le même chapitre ( chap. 5) que
l'auteur, nommant la force corporelle, ἰσχύς, parmi
les éléments du bonheur, s'exprime ainsi mot à
mot : « La force est la faculté qu'a un homme d'en
« mouvoir un autre comme il veut ; or, il ne peut le
« mouvoir qu'en le tirant, ou en le poussant, ou
« en le soulevant, ou en le faisant plier, ou en
« l'écrasant : l'homme fort sera donc fort par toutes
« ces facultés ou par quelques-unes. » L'idée de
la taille, μέγεθος, et celle de la vitesse, τάχος, ne
sont pas moins singulièrement analysées.

Mais pourquoi tout cet appareil de définitions la-

borieuses? pour rien autre chose, je pense, que
pour avoir le plaisir de définir. Ce sont des articles
de dictionnaire que le philosophe s'amuse à rédiger
chemin faisant.

Passons à des choses plus intéressantes, à des
analyses d'idées. Qu'est-ce que le bien ( chap. 6 )?
C'est ce qui est désirable pour soi-même, Ce pourquoi nous recherchons autre chose, Ce qui est dé-
siré de tout ce qui existe, ou de tout ce qui a la
pensée et le sentiment, ou de ce qui viendrait à les
avoir; Ce que l'esprit de chacun lui présente comme
un bien ; car en chaque chose, ce que l'esprit de
chacun lui présente comme un bien est en effet un
bien pour lui; Ce dont la présence nous rend con-
tents et satisfaits; Ce qui se suffit; Ce qui produit ou
ce qui conserve tout cela ; Ce que tout cela accompagne; Ce qui empêche le mal contraire ou le dé-
truit. Mais une chose en accompagne une autre de
deux façons ; ou elle vient en même temps, ou elle
vient à la suite : ainsi, savoir vient à la suite d'apprendre, se bien porter et vivre vont ensemble. Une
chose en produit une autre de trois manières ; par
exemple, se bien porter produit la santé, prendre
des aliments produit la santé, faire des exercices
produit aussi d'ordinaire la santé. Cela posé, on devra regarder comme bien l'accession des biens, ou
l'éloignement des maux; car l'un a pour accompa-
gnement la privation du mal, et l'autre a pour
suite la jouissance du bien. C'est encore un bien que
le remplacement d'un moindre bien par un plus
grand, ou d'un plus grand mal par un moindre ; car

en ne considérant que l'excès du plus grand sur le plus petit, c'est encore là accession d'un bien ou éloignement d'un mal. — Je ne fais absolument que traduire.

Il est difficile de ne pas être rebuté par l'entassement de tant de propositions abstraites, et parmi ces équations il y a des identités qui ne semblent pas apprendre grand'chose. Qu'on lise encore ces définitions, au commencement du chapitre 7 de la Rhétorique : Disons qu'un objet est *plus grand* qu'un autre quand il contient l'équivalent de cet objet, et quelque chose au delà ; qu'il est *plus petit*, quand il y est contenu. On se sert des termes *plus grand, plus*, par rapport à ce qui est moindre ; des termes *grand, petit, beaucoup, peu*, par rapport à la mesure générale des choses : ce qui est au delà de cette mesure est grand, ce qui reste en deçà est petit; de même pour le peu et le beaucoup. — Tout cela est parfaitement juste; c'est le fondement de toutes nos idées sur les nombres et sur les grandeurs; c'est sur ces principes que reposent l'addition et la soustraction : mais l'orateur, que tirera-t-il de tout cela, et quelles ressources pour la persuasion trouvera-t-il dans ces axiomes ?

Disons qu'Aristote, au moment où il écrivait ces choses, oubliait l'orateur et la rhétorique pour se laisser aller au plaisir d'analyser une idée abstraite, ou de déterminer la compréhension d'un mot. Il définissait, divisait et distinguait, non parce qu'il était besoin de le faire, mais parce que cela donnait un exercice et une satisfaction à la faculté dominante de son esprit. Quand les Grecs eurent commencé à apercevoir le mécanisme du raisonnement et du langage, ils le trouvèrent si curieux, ils furent si épris de leur découverte, qu'ils le firent jouer à tout propos, comme un enfant qui possède une montre pour la première fois la fait sonner toute la journée.

Qu'on se reporte donc aux dialogues de Platon, qu'on y écoute Prodicus discourant et s'interrompant à chaque parole pour marquer la différence entre deux synonymes; qu'on suive dans tous ses détours la dialectique de Socrate, aussi sophistique souvent que celle des sophistes; qu'on essaie de comprendre le Parménide, et quelques dialogues qui sont également sans conclusion, à mon avis, et qui ressemblent à des opérations d'algèbre faites sur une formule première dont les signes n'auraient pas de signification; on saura jusqu'où la pensée peut se laisser entraîner par les mots; on jugera qu'Aristote, en comparaison, est bien sobre et bien raisonnable. Mais laissons Platon, et ces questions abstraites de métaphysique ou de logique, où les subtilités viennent se placer pour ainsi dire tout naturellement. Prenons Thucydide, un historien, un homme de guerre, qui ne traite que des affaires et des événements publics, et qui ne fait parler que des politiques; le cours de son éloquence n'est-il pas comme encombré par les définitions, les distinctions, les oppositions, tous ces produits laborieux de l'analyse du langage? On sait qu'un défaut frappant dans le dialogue des Tragiques est que leurs

personnages raisonnent trop souvent et trop savam-
ment. Et certainement on n'a jamais argumenté
avec plus de précision et de rigueur sur les bancs
d'une école, que ne font la plupart des personnages
d'Euripide dans ces scènes où il met aux prises
deux adversaires, pour toucher le spectateur par
un combat de raisonnements encore plus que de
passions.

Ces rapprochements peuvent servir d'abord à expliquer la manière laborieuse et subtile d'Aristote
dans certains passages tels que ceux que j'ai cités.
Mais ils répondent aussi au reproche général qu'on
a fait à la Rhétorique d'être sèche, aride et difficile à
lire. Chez un peuple dont l'esprit curieux se plai-
sait à suivre les circuits de l'ironie socratique, et
s'amusait au théâtre à voir en scène, pour ainsi
dire, des syllogismes et des dilemmes, un ouvrage
didactique pouvait-il avoir une forme trop sévère ?
N'était-ce pas un mérite à Aristote d'épargner les
mots, et de mettre dans chaque ligne une observation, une réflexion, un précepte? — Mais il y a des
remarques sans application, des analyses sans résultat. — Je les ai fait voir, et je ne prétends pas les
justifier toutes. Mais pour quelques-unes du moins, ne
peut-on pas soutenir, que tout inutiles qu'elles sont
dans la pratique, elles ont cependant quelque intérêt pour l'esprit, et que le philosophe serait fâché
qu'Aristote ne les eût pas faites? Ne nous accoutu-
ment-elles pas à démêler nos idées ? N'ont-elles pas
cette utilité générale de donner à l'intelligence une
finesse et une étendue qui feront en mainte occasion

sa supériorité ? Et n'en serait-il pas de ce luxe philosophique comme de certaines parties des sciences
mathématiques, qui ne semblent d'abord que des
curiosités difficiles, et où on croit que l'esprit dé-
pense ses forces sans profit ; mais où au contraire il
les nourrit et les augmente, et d'où même il peut
sortir un jour, grâce à un hasard heureux, quelque
application inattendue ?

Intérêt historique qu'offre l'étude de la Rhétorique d'Aristote.

Ces analyses d'Aristote, que j'ai considérées jusqu'ici philosophiquement, présentent une autre espèce d'intérêt, quand on les étudie en ce qu'elles
ont d'historique, c'est-à-dire quand on y cherche la
trace des idées et des habitudes du temps. Je suis
déjà entré dans cette vue pour me rendre compte
de la sévérité avec laquelle Aristote renferme l'éloquence dans la preuve, et pour m'expliquer sa division célèbre des trois genres du discours. J'ai indi-
qué ces recommandations du quatrième chapitre,
où il appelle l'attention de l'orateur sur tous les objets qui intéressent un peuple libre. En critiquant
ces définitions longuement étalées de la force ou de
la beauté du corps, de la taille, de la vitesse, je me
rappelle les quatre grands jeux où on déployait
ces dons, et les odes où les chantait Pindare. Il n'y
a qu'un Grec qui ait pu songer à faire entrer dans
l'énumération des biens désirables à l'homme ce
qu'Aristote appelle la vertu agonistique, précieux
composé de la taille, de la vitesse et de la force.

Tout ce chapitre (chap. 5) est plein de détails où se marque un sentiment tout païen de ce que valent les avantages de la chair et du sang, les présents de la nature ou de la fortune. Cette noblesse d'un peuple qui se vante d'être né du sol, αὐτόχθων, n'y est pas oubliée, et comment le serait-elle, quand tous les orateurs attiques répètent et développent continuellement cet éloge? Cette πολυτεκνία, nom intraduisible pour nous, est souvent célébrée aux temps antiques: c'est cette couronne d'enfants dont parle l'Écriture : *Environné d'enfants, soutiens de ma puissance*, dit Aman dans son orgueil. Mais ce n'est pas assez, pour un État comme pour un homme, d'avoir des enfants nombreux s'ils ne sont accomplis : et cela, continue Aristote, je le dis des femmes comme des mâles; car là où les femmes ne sont pas ce qu'elles doivent être, par exemple à Lacédémone, on peut dire que l'État n'est prospère qu'à moitié, σχεδὸν κατὰ τὸ ἥμισυ οὐκ εὐδαιμονοῦσι. Cette phrase est de Platon; mais le dédain de l'antiquité pour les femmes ne paraît-il pas dans la peine même que prend la philosophie, pour établir qu'après tout elles forment dans la société une moitié, qui doit être comptée aussi bien que l'autre?

Voyez comme il insiste sur la propriété, sur ses formes diverses, sur les différentes conditions qui en changent la valeur; comme il appuie sur ces honneurs extérieurs dont les anciens étaient plus prodigues encore que les modernes, panégyriques en vers et en prose, récompenses en terres ou en présents, préséances, tombeaux, statues, repas du

Prytanée, sacrifices, adorations. Le temps n'est pas
loin que les Athéniens élèveront dans leur ville trois
cent soixante statues à Démétrius de Phalère.

Ce même philosophe qui s'écriait un jour : Mes
amis, il n'y a pas d'amis! compte cependant parmi
les biens de la vie le grand nombre des amis,
πολυφιλία. C'est qu'il entend par là ces associés à
l'aide desquels on fait son chemin dans la vie, ces
instruments qui procurent, comme il dit plus loin,
tant d'avantages, φίλος ποιητικὸν πολλῶν. C'est en vue
de cette πολυφιλία que Cicéron a écrit son traité célèbre; c'est à quoi pensait Horace quand il dit que l'âge
mûr est le temps où on se fait des amis, *inservit
amicis*.

Il est curieux de voir Aristote compter au nombre des biens la bonne chance, εὐτυχία (chap. 5).
C'est bien le sens de ce mot; il l'explique par
l'exemple d'un homme qui trouve un trésor que
nul autre n'avait aperçu ; ou de plusieurs personnes qui périssent dans un endroit où elles ne sont
venues que cette seule fois, tandis qu'une autre qui
y venait tous les jours n'y était pas cette fois unique. De pareils caprices du hasard semblent un fond
bien mal assuré pour bâtir une argumentation.
Mais la superstition s'y attachait chez les anciens, et
y mettait volontiers le sens qui convenait à l'orateur[1].
Eschine, dans le discours contre Ctésiphon (ch. 49),

[1] Voyez dans l'oraison funèbre de saint Césaire, par saint
Grégoire de Nazianze, les réflexions qu'inspire à l'orateur l'heureux hasard par lequel Césaire, dans un tremblement de terre,
fut préservé.

ne fait qu'agrandir cette idée, lorsqu'il soutient
très-positivement que Démosthène a sur lui un mau-
vais sort, et qu'il porte malheur à la république
et à la Grèce. Démosthène le réfute d'une manière
sublime ( ch. 76 ), mais il ne se moque pas de cet argument ; il le prend au sérieux, il semble reconnaître
qu'il y a dans les événements certaines lois mysté-
rieuses qui font qu'on est constamment heureux ou
malheureux ; seulement il ajoute que c'est la fortune
du monde entier qui est mauvaise, et que la fortune
d'Athènes a moins souffert que toute autre dans
cette révolution universelle, puisqu'en fléchissant
un moment sous l'ascendant d'un homme, elle a conservé du moins son courage, sa grandeur et sa pri-
mauté.

Au chapitre 15, où il s'agit des preuves extérieures, telles que les lois, les témoignages, les
conventions, etc., Aristote compte les poëtes parmi
les témoins qu'on peut produire en justice. Il y
ajoute les oracles, et en effet, on trouve à la fois,
dans les discours des orateurs attiques, des oracles,
et des tirades d'Homère, de Solon, ou des Tragiques. Ils les faisaient lire par le greffier comme des
pièces du procès. Ce qui est plus remarquable encore, c'est l'aisance avec laquelle le philosophe énu-
mère tous les expédients dont le plaideur peut se
servir pour faire valoir ces *moyens extérieurs* s'ils
lui sont favorables, ou pour montrer qu'ils ne valent rien s'ils lui sont contraires. C'est surtout au
sujet du serment qu'il déploie toutes ses ressources.
Ou bien, dit-il, vous déférez le serment à votre

partie et vous l'acceptez vous-même, ou vous ne
faites ni l'un ni l'autre, ou vous déférez le serment
sans l'accepter pour vous, ou enfin vous l'acceptez
pour vous en déclinant le serment de la partie. Si
vous déférez le serment, vous direz qu'il n'y a rien
de plus sacré dans le monde, que votre adversaire
n'a pas besoin de chercher d'autres juges puisque
vous lui offrez d'être son juge à lui-même; que les
parties ne sauraient refuser un serment que les
juges prêtent les premiers d'après la loi. Si au contraire vous refusez le serment de la partie adverse,
vous représenterez qu'un serment est trop facile à
faire, que vous vous en rapportez plutôt aux juges
qu'à votre ennemi, qu'en jurant, il gagnerait son
procès, tandis qu'assurément il le perdra. S'il vous
défère le serment et que vous le refusiez, vous direz
que votre refus prouve votre délicatesse, qu'il ne
faut pas jurer pour une affaire d'argent, qu'un
malhonnête homme qui défère le serment à un
homme de bien ressemble à celui qui étant robuste,
proposerait à un adversaire chétif de vider leur que-
relle à coups de poing, etc. Il a, comme on voit,
réponse à tout. Il donne également beaucoup d'arguments, et des meilleurs, pour et contre la loi,
pour et contre les dépositions des témoins, pour et
contre les conventions écrites. Et il termine tout
simplement par ces paroles : Voilà tout ce que
j'avais à dire sur les preuves extérieures, περὶ μὲν οὖν
τῶν ἀτέχνων πίστεων εἰρήσθω τοσαῦτα.

En lisant ces leçons de chicane, on a grand besoin de se rappeler la morale exposée dans l'intro-

duction : Il faut savoir persuader le pour et le contre, non pour soutenir l'un et l'autre indifféremment ( οὐχ ὅπως ἀμφότερα πράττωμεν ), car on ne doit pas défendre une mauvaise cause, mais pour connaître les moyens qu'on peut employer, afin de réfuter ceux qui s'en serviraient contre la justice. Une fois quitte envers la morale par cette déclaration, Aristote n'en parle plus. Il poursuit ses analyses avec une indifférence scientifique pareille à celle du chimiste, qui décrit les poisons sans s'amuser à dire que c'est un crime d'empoisonner. Cependant celui qui manie la parole avec adresse est si exposé au danger d'être trop souple et trop facile, qu'on voudrait voir le philosophe prendre plus de précautions contre ce penchant ; et la meilleure serait sans doute de montrer lui-même un peu plus de répugnance à développer tous ces expédients. Il semble aussi qu'il pourrait faire entrer le bon droit comme une donnée dans les différents problèmes qu'il propose et qu'il résout, au lieu de le tenir à l'écart comme une condition inutile, qui ne change rien ni aux opérations ni au résultat. On aurait enfin une idée plus favorable de la façon dont on plaidait et dont on jugeait à Athènes, si la rhétorique athénienne avait l'air un peu plus embarrassée du mensonge et de la mauvaise foi. On voit au contraire qu'elle en prend très-bien son parti, et que cela ne la gêne en aucune manière.

Mais le passage le plus honteux et le plus déplorable de la Rhétorique est celui qui se rapporte à la torture (chap. 15). Il n'y a que quelques lignes, et

cette brièveté même révolte. Voici d'abord comme
elle est annoncée : « Il y a, dit le texte, cinq sortes
« de preuves extrinsèques : les lois, les témoins, les
« conventions, les tortures, les serments. » C'est un
moyen comme un autre à produire. Remarquons
qu'il ne s'agit pas de la question donnée à un con-
damné, ni même à un accusé, mais du droit
qu'avait une partie de demander que les esclaves de
son adversaire fussent torturés, pour obtenir par
leurs aveux des preuves contre leur maître. Le maître, il est vrai, pouvait s'y refuser, mais cela avait
mauvaise grâce, et c'était une présomption contre
lui. Ainsi on déférait la torture comme on défère
le serment. C'est pourquoi Aristote dit : La torture
est une espèce de témoignage, αἱ δὲ βάσανοι μαρτυρίαι
τινές εἰσιν. Il argumente alors comme pour le serment. Si nous déférons la question, nous dirons
que ce témoignage est le seul véritable. Si nous la
refusons, nous soutiendrons que la torture arrache
également la vérité ou le mensonge; car les uns en-
durent tout plutôt que de dire la vérité, et les autres mentent aisément pour en avoir fini plus vite.
Là-dessus, continue Aristote, il faudra donner des
exemples. La seule trace, je ne dirai pas d'huma-
nité, mais de bon sens qu'on aperçoive dans ce passage, c'est que pour la torture Aristote ne donne
qu'une assertion toute sèche, tandis qu'il apporte
des raisons en sens contraire. Mais dans ses autres
ouvrages il n'a rien dit de cette absurdité atroce; et
on voit qu'ici il ne s'avise même pas de présenter
contre la torture un argument moral. S'il n'y a pas

pensé, quel oubli! et s'il ne l'a pas osé, quelle société que celle d'Athènes!

Je n'ai que trop prouvé, je crois, l'intérêt historique que présentent plusieurs passages de la Rhétorique d'Aristote; je reprends l'examen du fond, et j'entre dans le second livre.

---

## LIVRE SECOND.

### Des Passions (chapitres 1-11).

La première moitié de ce livre, qui comprend l'étude des diverses passions et celle des différents caractères, est la plus belle partie de la Rhétorique. Ces analyses sont une nouvelle application de la méthode suivie dans celles du premier livre, mais comme elles portent, non plus sur des idées, mais sur des sentiments, elles sont encore plus intéressantes et plus délicates.

Aristote examine successivement, pour chaque passion, ces trois choses : Quels sont, par exemple, les gens sujets à se mettre en colère; qui sont ceux contre lesquels on se met en colère; quelles sont les raisons pour lesquelles on se met en colère? Ces trois chefs sans doute rentrent facilement l'un dans l'autre, et ce n'est pas là une division prise au fond

des choses. Mais enfin ce sont trois aspects divers
du cœur humain, et c'est tantôt celui-ci, tantôt
celui-là qui nous frappe. Cet homme s'est fâché
parce qu'il souffrait, voilà le πῶς ἔχοντες ὀργίλοι
εἰσίν. Il s'est fâché parce que celui qui l'insultait
était son ami, voilà le τίσιν ὀργίζονται. On ne saurait
regarder l'homme par trop de côtés à la fois.

L'étude de chaque passion commence par une
définition exacte et curieuse ; c'est ainsi qu'il y a
une définition en tête de chaque chapitre dans les
*Caractères* de Théophraste. Celle de la colère, dans
Aristote, est une des plus remarquables. Cependant
c'est à ce sujet que Cicéron fait parler ainsi l'orateur
Antoine (*de Orat.*, I, 51) : « Où est, dit-il, le grand
« orateur, l'homme vraiment éloquent, qui voulant
« soulever contre son adversaire la colère du juge,
« s'est jamais trouvé embarrassé, faute de bien savoir
« la définition de la colère? » Mais Cicéron lui-même
ne paraît pas tenir grand compte de cette objection,
car plus loin ( II, 51, 52 ) il met dans la bouche
d'Antoine un résumé des analyses d'Aristote, qui
suffit pour montrer le prix qu'il y attachait. L'orateur en effet doit être déjà tout passionné au moment
où il prononce son discours, mais quand il ne fait
que le préparer, ou quand il étudie ceux des autres,
il est calme et froid encore, et il peut tirer un très-
bon parti des définitions et des remarques les plus
minutieuses.

Sans entrer dans ces analyses, car je serais
entraîné à répéter tout ce qu'a dit Aristote, et à
le développer en le répétant, je voudrais donner

une idée de la finesse de ses observations. Quoi de plus heureux par exemple que l'explication qu'il donne du plaisir avec lequel on s'abandonne à la colère? On ne se met pas en colère sans qu'on se promette de se venger, sans qu'on espère y réussir, et sans qu'on se venge déjà à l'avance par la pensée, διατρίϐουσιν ἐν τῷ τιμωρεῖσθαι τῇ διανοίᾳ. Et on savoure alors en imagination une jouissance pareille à celle qu'on goûte dans un songe, φαντασία ἡδονὴν ποιεῖ ὥσπερ ἡ τῶν ἐνυπνίων ( ch. 2 ).

Aristote ne se fait pas d'illusion, et ne recule pas devant les observations les plus tristes. En général, dit-il, ὡς ἐπὶ τὸ πολύ, les hommes font le mal quand ils le peuvent ( ch. 5 ). Mais il a aussi des pensées qui font plus d'honneur à la nature humaine, comme celle-ci sur l'amitié ( ch. 4 ) : Un ami est celui devant qui on ne rougit pas de ce qui n'est honteux que dans l'opinion, et devant qui on rougit de ce qui est véritablement honteux en soi.

Dois-je relever cette remarque, que les philosophes se fâchent quand on dit du mal de la philosophie ( ch. 2 ) ? Aristote faisait-il ici un retour sur lui-même ? Avait-il jamais eu affaire à ces imbéciles dont parle Perse, qui trouvaient plaisant et spirituel de rire en voyant des figures de géométrie ?

*Multum gaudere parati*
*Si Cynico barbam petulans nonaria vellat.*

Où bien en voulait-il à ceux qui persécutent dans les philosophes la raison et la vérité ? Ceux-ci méri-

6

tent en effet la colère du sage, et ne s'en peuvent
sauver que par son mépris.

### Des Mœurs ou des Caractères ( chap. 12-17 ).

Les chapitres sur les mœurs ou les caractères, ἤθη,
sont plus remarquables encore que ceux qui pré-
cèdent. Le portrait de la jeunesse ( ch. 12 ) est un
morceau classique que tout le monde a admiré.
Nulle part, la pensée d'Aristote n'est plus fine, ni
son style plus piquant. C'est là qu'il dit que les
désirs du jeune homme sont comme la faim et la
soif d'un malade, vifs et ardents, mais sans inten-
sité et sans force : qu'il est échauffé par sa jeunesse comme un buveur l'est par le vin : qu'il a
l'âme élevée, parce qu'il n'a pas encore été humilié
par la vie, οὔτε γὰρ ὑπὸ τοῦ βίου οὔπω τεταπείνωνται.
Non-seulement tout ce développement est supérieur
aux imitations d'Horace et de Boileau par l'invention et par l'abondance des idées, mais il l'est aussi
par la précision et l'élégance de l'expression.

Mais Aristote a eu un autre imitateur, qui a
laissé bien loin derrière lui son modèle : c'est Bossuet, dans le panégyrique de saint Bernard. Après
qu'il a annoncé comment Bernard, à l'âge de vingt-
deux ans, prend la résolution de se retirer du monde,
et va se renfermer à Cîteaux, il interrompt son récit
et s'adresse ainsi à son auditoire :

« Vous dirai-je en ce lieu ce que c'est qu'un jeune
« homme de vingt-deux ans ? Quelle ardeur, quelle
« impatience, quelle impétuosité de désirs ! Cette

« force, cette vigueur, ce sang chaud et bouillant,
« *semblable à un vin fumeux*[1], ne leur permet rien
« de rassis ni de modéré[2]....

    « Certes, quand nous nous voyons penchants sur
« le retour de notre âge, que nous comptons déjà
« une longue suite de nos ans écoulés, que nos
« forces se diminuent, et que le passé occupant
« la partie la plus considérable de notre vie[3], nous
« ne tenons plus au monde que par un avenir
« incertain, ah! le présent ne nous touche plus
« guère. Mais la jeunesse, qui ne songe pas que rien
« lui soit encore échappé[4], qui sent sa vigueur
« entière et présente, ne songe aussi qu'au présent
« et y attache toutes ses pensées.... Nous voyons
« toutes choses selon la disposition où nous sommes;
« de sorte que la jeunesse, qui semble n'être formée
« que pour la joie et pour les plaisirs, ah! elle ne
« trouve rien de fâcheux; tout lui rit, tout lui
« applaudit. Elle n'a point encore d'expérience des
« maux du monde, ni des traverses qui nous arri-
« vent[5]; de là vient qu'elle s'imagine qu'il n'y a point
« de dégoût, de disgrâce pour elle. Comme elle se
« sent forte et vigoureuse, elle bannit la crainte[6],

---

    [1] Ὥσπερ γὰρ οἱ οἰνώμενοι οὕτω διάθερμοί εἰσιν οἱ νέοι ὑπὸ τῆς φύσεως.

    [2] Καὶ ἅπαντα ἐπὶ τὸ μᾶλλον καὶ σφοδρότερον ἁμαρτάνουσι, παρὰ τὸ Χιλώνειον· πάντα γὰρ ἄγαν πράττουσι.

    [3] Τοῦ γὰρ βίου τὸ μὲν λοιπὸν ὀλίγον, τὸ δὲ παρεληλυθὸς πολύ.

    [4] Τὸ δὲ παρεληλυθὸς βραχύ· τῇ γὰρ πρώτῃ ἡμέρᾳ....

    [5] Ἅμα δὲ καὶ διὰ τὸ μήπω πολλὰ ἀποτετυχηκέναι... ἀλλὰ καὶ ἀναγκαίων ἄπειροί εἰσιν.

    [6] Τὸ μὲν μὴ φοβεῖσθαι, τὸ δὲ θαρρεῖν ποιεῖ. — Καὶ εὐέλπιδες.

« et tend les voiles de toutes parts à l'espérance qui
« l'enfle et qui la conduit. »

Il n'y a rien sans doute de cet éclat et de ce
sublime dans Aristote, et en présence d'une telle éloquence, on oublie toutes les Rhétoriques. On voit
bien cependant que c'est dans les chapitres sur les
mœurs que Bossuet a pris, non pas seulement plusieurs détails, mais surtout l'idée même de ce portrait de la jeunesse jeté au milieu de sa narration. Si
on en doutait, qu'on lise quelques lignes plus bas
cette autre réflexion, sur les dispositions ordinaires
des hommes d'une grande naissance; c'est la traduction d'une phrase d'Aristote ( ch. 15 ) : « Surtout,
« dit Bossuet, les personnes de condition, qui étant
« élevées dans un certain esprit de grandeur, et
« bâtissant toujours sur les honneurs de leur mai-
« son et de leurs ancêtres, se persuadent facilement
« qu'il n'y a rien à quoi ils ne puissent prétendre. »
Εὐγενείας μὲν οὖν ἦθός ἐστι τὸ φιλοτιμότερον εἶναι τὸν κεκτη-
μένον αὐτήν· πάντες γὰρ, ὅταν ὑπάρχῃ τι, πρὸς τοῦτο σωρεύειν
εἰώθασιν· ἡ δὲ εὐγένεια ἐντιμότης προγόνων ἐστί.

C'est le lieu de remarquer que parmi les modernes
l'éloquence de Bossuet paraît celle qui a été la plus
travaillée suivant les procédés des anciens, je veux
dire par les études philosophiques. Je n'entends pas
seulement parler de cette haute philosophie, sans
laquelle Cicéron disait qu'il n'y a pas de grande
éloquence; de ces vues qui éclairent, dans leurs
points les plus élevés, les choses humaines et les
choses divines : je parle aussi de ces analyses délicates, et si on veut minutieuses, de nos pensées et

de nos humeurs. Rien n'est plus familier à Bossuet ;
et ce travail, moins visible dans les oraisons funè-
bres, est très-marqué dans les sermons.

On s'étonne, en lisant cette partie de la Rhétorique, qu'Aristote signale les différences morales des
âges, des conditions et des fortunes, sans parler
des sexes, et sans essayer de peindre les femmes. Il
est vrai que l'orateur n'avait jamais à leur parler,
mais n'avait-il pas quelquefois à parler d'elles ? On sait
avec quelle dureté Périclès, dans Thucydide (II, 45),
s'adresse aux veuves des morts qu'il célèbre : « C'est
« pour vous une assez grande gloire d'être ce que la
« nature a permis que vous soyez. » Mais cette nature
telle quelle, pourquoi ne pas la décrire ? Le vieux
Simonide l'avait fait dans une satire rude et gros-
sière. Est-ce donc que les femmes pouvaient bien
être en butte aux satiriques, mais qu'elles ne méri-
taient pas d'occuper les philosophes ? Théophraste
n'en parle pas plus qu'Aristote. Au reste, même dans
les discours judiciaires qui se sont conservés des
orateurs athéniens, on ne les voit jamais peindre une
femme, la louer, la blâmer, la soumettre à une
appréciation morale. Les femmes, esclaves ou libres,
courtisanes ou épouses, n'y figurent pas comme des
personnes, mais comme des choses, et la propriété
violée ou contestée fait tout l'objet du débat.

### Des Lieux communs (chap. 22-24).

J'ai dit déjà ce qu'entend Aristote par *lieux* des
enthymèmes, τόποι. Ce n'est autre chose que les

différentes sortes de rapports par lesquels la conclusion d'un raisonnement tient au principe. Les
deux termes peuvent varier à l'infini, et le rapport
rester le même. Cette étude appartient donc à la
dialectique, et c'est en dialecticien qu'Aristote l'a
traitée dans ses Topiques en huit livres. Il y enseigne non-seulement les *lieux* proprement dits, des
contraires, du plus au moins, du genre à l'espèce, etc.,
mais aussi quelques-uns de ces moyens spéciaux
d'argumentation, κατ' εἴδη, qui sont traités dans le
premier livre de la Rhétorique. Ainsi au livre III des
Topiques, ch. 1ᵉʳ, il établit les lieux pour prouver
qu'une chose est meilleure qu'une autre ou plus désirable ; et plusieurs des motifs qu'il donne sont les
mêmes et dans les mêmes termes que ceux qu'il indique dans cette analyse de l'idée de l'utile que
j'ai étudiée précédemment. Les chapitres de la
Rhétorique sur les *lieux* ne sont qu'un choix
fait par Aristote de ce qui, dans la science des
topiques, lui a paru convenir plus particulièrement aux orateurs. Cicéron ne s'en est pas con-
tenté ; il avait étudié à fond ces huit livres des
Topiques, si difficiles et si arides, et que non-seulement les rhéteurs, mais les philosophes même de
son temps ne lisaient plus. Et il les possédait assez
pour rédiger de mémoire, et sans livre, des Topiques en latin, pour son ami Trébatius, dans l'inter-
valle d'une traversée de Vélie à Rhégium ¹.

¹ Voir cet ouvrage, et l'introduction de M. Le Clerc. Le
petit écrit de Cicéron, beaucoup plus court que celui d'Aristote,
est moins complet, mais il est plus clair et plus méthodique. Ce

La récapitulation que fait Cicéron, à la fin du chapitre 18, suffit pour donner une idée de ce que
renferme une Topique complète : La définition,
l'énumération des parties, l'étymologie, les *termes
conjugués*, le genre, l'espèce, la ressemblance, la
différence, les contraires, les circonstances, les conséquences, les antécédents, les contradictoires, les
causes, les effets, la comparaison du plus au moins,
ou du moins au plus, ou du même au même ; voilà
absolument toutes les sources des arguments.

Tous ces termes se retrouvent dans Aristote,
ὁρισμὸς, τὸ ποσαχῶς, συζυγία, γένος, εἶδος, etc.

Il faut admirer Cicéron de n'avoir pas reculé devant de pareilles études, et quand on se rappelle
tant d'autres ouvrages du même genre qu'il composa en divers temps, ceux-ci dans sa jeunesse pour
apprendre lui-même l'art oratoire, ceux-là dans sa
vieillesse pour l'enseigner ; la Rhétorique à Hérennius, les livres *de l'Invention*, les *Partitions oratoires* ; j'y ajouterai même les détails techniques qui
forment la deuxième partie de *l'Orateur* : quand on
se souvient de tout cela, on ne peut regarder
comme bien sérieux les doutes qu'il a exprimés en
quelques endroits sur l'utilité de la rhétorique. Il
sentait la supériorité naturelle de son génie, il
aimait à dire que ce génie ne se donnait pas dans
les écoles. Mais qui a mieux compris la force qu'un

n'est pas un simple abrégé du traité d'Aristote, mais un extrait
de la science contenue dans ce traité. Le plan en est bien tracé
et très-facile à suivre.

art consommé met à la disposition de l'orateur, et
qui a plus fait pour se l'assurer ?

Je passe sur les chapitres qui suivent, pour arriver
au dernier livre, dont la plus grande partie est remplie par les règles de l'élocution, et le reste par des
conseils sur la manière de traiter les diverses parties
du discours.

*Appendice.* — De la théorie de l'Invention dans les Rhétoriques
de Cicéron, de Quintilien et d'Hermogène. — Cicéron.

Mais si auparavant nous comparons d'une manière générale la doctrine de l'invention et du raisonnement oratoires telle que nous l'avons vue dans
Aristote et telle que nous la trouvons dans les Rhétoriques postérieures, nous serons étonnés, comme
je l'ai dit, de voir combien cette étude est devenue
à la fois plus compliquée et moins féconde. Nous
rencontrerons partout les procédés de la petite Rhétorique à Alexandre, livre qu'on peut regarder
comme la source de la rhétorique qui s'est faite depuis Aristote, aussi bien que comme le résumé de
celle qui s'était produite avant lui. Nous avons pour
en juger, si nous ne tenons compte que des grands
monuments, trois auteurs placés à trois époques différentes, Cicéron, Quintilien, Hermogène. On
sait cependant combien Cicéron portait de philosophie dans la pratique de son art, et comme il se
vante de la force nouvelle qu'il a puisée dans la
science des choses morales. Il disait qu'il s'était
formé dans les promenades de l'Académie plus que

dans les ateliers des rhéteurs. Mais dans ses livres,
déterminé par l'usage de tous les maîtres, il n'a fait
que remplir à son tour le cadre ordinaire des écoles,
et cette lumière supérieure qui éclairait son esprit
dans le travail de la composition, il ne l'a pas ré-
pandue dans les détails de son enseignement, comme
avait fait Aristote. Ce que je dis ici ne s'applique
pas seulement à la Rhétorique à Hérennius, au
traité *de l'Invention*, ou aux *Partitions oratoires*,
mais même aux livres *de l'Orateur*, ouvrage admirable, mais qui se distingue moins par une théorie
élevée et originale, que par l'esprit et l'agrément
des détails, par une éloquence abondante et ma-
gnifique, et surtout par l'émotion personnelle que
l'orateur mêle à ses leçons.

Dans la partie technique de ses ouvrages, Cicéron, comme aussi Quintilien, fournit plutôt à son
élève des artifices et des expédients que des principes. Tous deux enseignent, sous ce titre de l'Invention, non pas à trouver des raisons en général,
mais à trouver des moyens pour l'exorde, d'autres
pour la narration, puis pour la confirmation, enfin
pour la péroraison. Voici par exemple la théorie de
l'exorde : Votre cause est honorable, ou honteuse,
ou douteuse, ou de peu d'importance. Si elle est
douteuse, il faudra se proposer surtout dans
l'exorde d'obtenir la bienveillance du juge; si elle
est peu importante, vous éveillerez d'abord son attention ; si elle est honorable, vous pourrez vous
passer de tout exorde; si elle est honteuse, vous ne

vous contenterez pas de l'exorde simple, il vous
faudra un exorde insinuant.

Exorde simple. L'exorde a pour but d'obtenir intérêt, attention, bienveillance. On obtient de l'intérêt quand on a su obtenir de l'attention. On s'as-
sure l'attention en promettant de dire des choses
grandes, nouvelles, extraordinaires, qui intéressent l'État, ou l'auditoire, ou les dieux; en conju-
rant les auditeurs d'être attentifs; en faisant l'énumération des différents points qu'on va traiter. Pour
les moyens d'obtenir la bienveillance, on les tire,
ou de sa personne, ou de celle de l'adversaire, ou
de l'auditeur, ou de la cause. De soi, en faisant son
éloge avec modestie, en rappelant les services qu'on
a rendus à l'État, en invoquant le souvenir de ses
parents ou de ses amis; en retraçant ses malheurs,
ses besoins, son abandon, sa mauvaise destinée; en
demandant aux juges leur secours, et protestant
qu'on n'a d'espoir qu'en eux seuls. De l'adversaire,
en soulevant contre lui la haine pour sa méchan-
ceté, l'envie pour son orgueil, le mépris pour son
abjection. Des auditeurs, en attestant la réputation
d'équité qu'ils se sont faite, en leur faisant entre-
voir l'honneur que leur vaudra une décision favorable, en leur représentant l'attente du public. De
la cause, en soutenant qu'elle est juste autant que
celle de l'adversaire est mauvaise.

Exorde insinuant. Il est nécessaire dans trois cas :
si la cause a quelque chose de honteux; si l'auditeur
s'est laissé persuader par l'adversaire; si l'attention

de l'auditeur est fatiguée. Dans le premier cas, vous
ferez abstraction des personnes pour n'envisager
que le fait, ou du fait pour ne considérer que les
personnes. Vous vous écrierez que les faits tels
qu'ils sont allégués par l'adversaire sont révoltants,
et vous amplifierez cette idée; vous ajouterez ensuite qu'il n'y a rien de pareil dans la réalité. Vous
tâcherez de vous prévaloir d'un jugement antérieur
sur une affaire plus ou moins semblable. Vous pro-
testerez que vous ne parlerez pas de ceci ou de
cela, ce qui ne vous empêchera pas d'en parler ensuite. — Si les juges sont entrés dans les sentiments
de l'adversaire, vous dites que vous allez tout
d'abord attaquer celui-ci dans son fort. Vous affec-
tez de reprendre ses propres paroles, et particulièrement celles par où il a fini. Vous paraissez embarrassé du choix des réponses, et fort étonné qu'on
ait pu se rendre à de telles raisons. — Si l'auditeur
est las et distrait, vous tâchez en commençant de le
faire rire; vous débutez par un apologue, par une
histoire, par une ironie, par une équivoque, par
une conjecture, par un sarcasme, par une naïveté,
par une hyperbole, par un jeu de mots, etc.; vous
apostrophez quelqu'un, vous annoncez que vous
allez répondre tout autre chose que ce qu'on attend,
et que vous n'allez pas parler comme tout le
monde, etc., etc.

On voit que tout est prévu et réglé d'avance; le
discours est fait et déjà écrit, sauf quelques blancs à
remplir. Cette science de l'invention, qu'on livre à

l'orateur, est si parfaite, qu'elle le dispense à peu près d'inventer.

Les moyens pour la confirmation ne sont pas analysés et classés moins curieusement. Discutez-vous un point de fait? vous plaidez d'abord les probabilités, puis les convenances, puis les indices, ensuite les preuves, les conséquences, et enfin les preuves confirmatives. Est-ce un point de droit? vous invoquez la lettre, l'esprit, la contradiction des textes, l'équivoque, la définition, l'interprétation, la récusation. Les preuves se tirent ou des personnes, ou des choses. Dans la personne, il y a le nom, le caractère, le genre de vie, etc. Dans les choses, il y a le fait, les circonstances, les rapports, les conséquences. Ajoutez à cela l'énumération des lieux logiques ou τόποι, et les détails qui se rapportent à la science du droit, vous aurez le fond de la rhétorique à l'époque de Cicéron et de Quintilien.

Le genre délibératif, comme je l'ai annoncé, tient relativement assez peu de place dans cette Rhétorique. Les livres *de l'Orateur* renferment à ce sujet quelques conseils généraux, exprimés rapidement, tels qu'ils conviennent à un entretien sur l'éloquence plutôt qu'à un traité. Mais si on compare aux chapitres 6 et 7 de la Rhétorique d'Aristote, les passages correspondants du *de Inventione* ou de la Rhétorique à Hérennius, on trouvera dans ceux-ci un plus grand appareil de science, dans Aristote beaucoup plus de vraie philosophie et d'esprit d'observation. Le philosophe cherche et sur-

prend le secret de nos pensées dans nos actions,
dans nos paroles, dans les vers des poëtes, échos de
tous nos sentiments ; c'est la vie elle-même qu'il
étudie. Les rhéteurs latins se renferment dans une
nomenclature abstraite, comme s'ils rédigeaient
simplement un dictionnaire des idées morales à
l'usage de l'orateur. Ils énumèrent cinq principes
d'action : l'utile, l'honnête pur, l'honnête mixte,
la nécessité, les circonstances. L'honnête pur ou la
vertu comprend la prudence, la justice, la force,
la tempérance. La prudence a trois parties, mémoire, intelligence, prévoyance. La justice a aussi
trois divisions, la nature, la coutume et la loi. Puis
viennent les subdivisions : la nature comprend le
sentiment religieux, les affections du sang, la reconnaissance, la vengeance, etc. Dans la coutume, il y
a la religion établie, l'éducation, la loi du talion,
les conventions. L'honnête mixte, c'est la gloire,
la considération, la grandeur, les amitiés. L'utile se
divise en intérêt de sûreté et intérêt de puissance.
La nécessité est physique ou morale. Les circonstances comprennent la considération du temps, du
lieu, de la personne, etc. Ces définitions sans doute
ont leur valeur, et elles sont plus faciles à retenir par
cœur que les observations d'Aristote, mais elles
sont bien moins fécondes pour l'esprit que cette espèce d'enquête à laquelle le philosophe a soumis
l'homme.

### Quintilien.

La méthode de Quintilien ne diffère pas de celle des rhéteurs que Cicéron a suivis ; elle se réduit également à une classification sèche et pauvre. Une seule chose la distingue, c'est que l'auteur écrit dans un temps où il n'y a plus de délibération publique, du moins sur les grands sujets. Il ne traite donc du genre délibératif que pour remplir le cadre accoutumé des Rhétoriques. Et il a soin d'avertir que ses préceptes ne s'appliqueront pas tant aux discours sérieux qu'à ces déclamations des écoles, dans lesquelles il était permis encore de parler à peu près librement aux tyrans des temps passés.

### Hermogène.

Mais si on pense que cette manière d'enseigner l'art oratoire donne trop à la mémoire et à la routine, que dira-t-on de la rhétorique grecque de l'époque des Antonins, telle que nous la connaissons par l'ouvrage de ce fameux Hermogène, homme si extraordinaire, et le prodige de son temps ? Rien de plus curieux que son traité *de l'Invention*, et surtout le troisième livre, qui se rapporte particulièrement à la preuve. Sa manière de construire une argumentation ne peut guère s'expliquer qu'à l'aide d'un exemple. Je prends un de ceux que lui-même a donnés. Philippe faisant des incursions dans la Chersonèse, Démosthène propose, pour la mettre à l'abri de ses attaques, de percer l'isthme. Il pourra recommander cette entreprise à plusieurs titres, comme étant utile, comme étant honorable, comme étant facile. C'est là ce qu'Hermogène appelle les *chefs* du discours, κεφάλαια. Arrêtons-nous à un de ces chefs, par exemple, que l'opération est facile. Cela se prouvera au moyen d'un argument qu'il appelle un *épichérème*. Les épichérèmes, dit-il, se tirent des circonstances de la chose, c'est-à-dire du lieu, du temps, de la personne, de la nature du fait en lui-même, etc. De la personne : il n'y a rien de difficile pour les Athéniens. Du lieu : c'est sur une terre qui est à eux, et où ils peuvent faire leurs préparatifs à leur aise, qu'il s'agit d'entreprendre ce travail. De la nature même du fait : percer un isthme, ce n'est après tout que creuser de la terre, ce qui n'a rien de si difficile. Voilà les épichérèmes trouvés. Hermogène enseigne alors ce qu'il nomme la *mise en œuvre* de l'argument, ἐργασία. Elle consiste à le développer par un exemple, ou une comparaison, ou une opposition. Ainsi, reprenant l'épichérème tiré de la chose, que percer un isthme, c'est creuser de la terre, ce qui n'est rien, il prend, pour la mise en œuvre, un exemple : le grand roi a bien percé le mont Athos. Mais il ne s'en tient pas là ; il lui faut maintenant un *enthymème*. L'Athos, que le grand roi a creusé, était une montagne, et l'isthme que nous avons à percer n'est qu'une plaine. Voilà, dit-il, où paraît la finesse de l'orateur, τὸ δὲ ἐνθύμημα δόξαν δριμύτητος ἀποφέρεται. Mais voici qui est encore plus fin, c'est un *surenthymème*, ἐπενθύμημα. Le

grand roi a entrepris ce travail par une ambition de
conquête; et nous, nous travaillerons pour notre
défense et pour notre liberté. Nous sommes à la fin.
Un chef de raisonnement, un épichérème, une
ἐργασία, un enthymème, un surenthymème, voilà
la construction d'Hermogène avec tous ses étages. Il
est à bout de termes, mais non pas à bout de
moyens. En effet, la dernière proposition qu'on a
énoncée pourra être à son tour considérée comme
un chef, sur lequel on bâtira un épichérème, qu'on
développera par l'ἐργασία, et ainsi de suite. Si d'ailleurs on considère que pour une seule proposition il
y a plusieurs chefs; que les épichérèmes pour chaque
chef peuvent se tirer de plusieurs lieux; que chaque
lieu se subdivise, et qu'une seule subdivision peut
fournir plusieurs épichérèmes; que pour un épichérème il y a plusieurs sortes d'ἐργασία; que chaque
sorte d'ἐργασία peut fournir plusieurs enthymèmes,
et chaque enthymème plusieurs surenthymèmes,
on est effrayé des proportions d'une argumentation
poussée suivant la méthode d'Hermogène [1].

Cependant il nous réservait encore une ressource
plus merveilleuse, c'est *l'argumentation continue;*
je traduis bien faiblement l'expression originale, τὰ
ἀπ' ἀρχῆς ἐπὶ τέλους. Hermogène donne ici un autre
exemple, mais j'aime mieux reprendre celui de tout
à l'heure. Philippe ravage la Chersonèse, il faut

[1] Voyez M. Minoïde Minas, Préface de sa traduction de la
Rhétorique d'Aristote, page vij. En mêlant ensemble les théories d'Aristote et celles d'Hermogène, comme si l'esprit en était
le même, il fait trop d'honneur au dernier.

percer l'isthme. Voilà une courte phrase, mais chacun de ces mots, suivant l'expression des *Femmes
savantes,* dit plus de choses qu'il n'est gros. Suivons-
les du premier au dernier, et ouvrons-les successivement pour en tirer ce qu'ils contiennent. C'est
*Philippe* : non pas un ennemi vulgaire, peu entre-
prenant ou peu redoutable ; c'est un homme qui
n'est arrêté ni par crainte ni par scrupule ; qui a
déjà fait bien du mal à Athènes, qui n'aura de re-
pos que quand il l'aura ruinée ; qui enfin, étant extrême en ses desseins, ne peut être prévenu que par
des résolutions extrêmes. Il *ravage* la Chersonèse ;
ne dites pas qu'il y a fait quelques courses, qu'il y a
commis quelques dégâts ; c'est une dévastation con-
tinuelle, qui ne laisse aucun relâche à cette mal-
heureuse terre, et qui ne diffère de la conquête absolue que parce qu'elle renouvelle sans cesse les
inquiétudes et les désastres. Ici on pourra placer une
description. *La Chersonèse,* c'est-à-dire la plus riche possession d'Athènes, l'avant-poste de la Grèce
sur la terre des barbares, etc. Je m'arrête, malgré
la grande facilité de continuer, ou plutôt parce que
cela est trop facile. En voilà assez pour expliquer ce
que c'est que τὰ ἀπ' ἀρχῆς ἐπὶ τέλους. L'Intimé emploie très-heureusement, dans son immortel plaidoyer, cette méthode d'Hermogène :

> On vient, comment vient-on ?
> On poursuit ma partie, on force une maison :
> Quelle maison ? maison de notre propre juge, etc.

Je me suis étendu longtemps sur ce sujet, mais j'es-

père qu'on me pardonnera cette digression, la Rhétorique d'Hermogène étant fort peu lue. N'est-ce
pas d'ailleurs un complément utile à l'étude du livre
d'Aristote que la connaissance de ces recettes pué-
riles, et ne font-elles pas mieux valoir par le contraste la philosophie simple, élevée et pénétrante du
disciple de Platon et du contemporain de Démosthène?

Mais sans descendre jusqu'à Hermogène et à la
rhétorique du siècle des Antonins, si on se borne à
rapprocher d'Aristote les nomenclatures et les classifications savantes des traités de Cicéron ou des *Institutions* de Quintilien; on sent quelle gêne de-
vaient causer à la plupart des esprits ces plans de
discours si exactement tracés, et cet assujettisse-
ment à des règles qui s'emparaient de l'orateur dès
l'entrée de sa composition, et le retenaient jusqu'à
la fin sans le laisser jamais à lui-même. L'art oratoire
était ainsi une espèce de labyrinthe où on ne pouvait
s'avancer qu'avec précaution et le fil à la main : le
plus habile était celui qui en avait assez visité et re-
visité tous les détours pour y marcher d'un pas plus
sûr et plus dégagé que les autres. Nous avons vu
que Cicéron ne voulait pas se laisser enfermer dans
sa propre rhétorique, et qu'il demandait le grand
air et les espaces libres de l'Académie. Le sentiment
de cette liberté, nécessaire à l'éloquence, est la principale inspiration du livre *de l'Orateur*, mais aussi il
est vrai de dire que l'art y tient assez peu de place ;
et quand il reparaît çà et là, on retrouve les formules des écoles, plutôt abrégées que simplifiées.

La Rhétorique d'Aristote est le livre qui accorde le mieux l'art préparatoire au travail de l'éloquence et la liberté de ce travail ; parce qu'il donne très-peu de règles, et beaucoup d'observations. Il y a cette grande différence entre les observations et les règles, que celles-ci prétendent disposer de l'orateur, et qu'il dispose de celles-là. Quel homme éloquent, ayant à faire un discours sérieux, consentirait, pour composer son exorde, à consulter les traités de *l'Invention* et à en suivre les recettes? Il me semble le voir, s'il s'astreint à ces prescriptions, empêché dans tous ses mouvements, et plus attentif à son cahier qu'à sa cause. Tandis que son adversaire, qui ne sait pas les règles, le pressera à l'aventure sur la *consecutio* ou l'*approbatio*, il n'en sera encore qu'au *probabile*. Il ressemblera au Bourgeois Gentil homme qui fait des armes avec Nicole : « Doucement donc, tu « pousses en tierce avant que je pousse en quarte, et « tu n'as pas la patience que je pare. » Mais plutôt il jettera bien loin le livre qui contient ces leçons, et s'il le sait déjà, il fera en sorte de l'oublier. Au contraire il n'aura jamais à se repentir d'avoir beaucoup observé, d'avoir étudié curieusement nos dispositions et nos humeurs, les idées suivant lesquelles agissent les hommes, leurs divers caractères, enfin les lois mêmes du raisonnement, et les rapports logiques par lesquels se tiennent nos pensées. Cicéron, plus que personne, avait étudié tout cela, et le recommande sans cesse; mais content de l'enseigner par l'exemple, il a donné à ce sujet peu de leçons, et ce peu il l'a emprunté à Aristote, n'espérant pas pouvoir faire mieux. C'est donc au plus ancien d'entre les ouvrages de rhétorique qu'il faut demander aujourd'hui encore les vrais principes de l'art. La théorie féconde qui fait l'originalité du livre d'Aristote ne lui a été enlevée par personne, les uns la négligeant parce qu'ils n'en comprenaient pas la valeur, les autres la regardant comme une philosophie supérieure à l'art oratoire, et qui devait rester en dehors des traités de pure rhétorique. Mais au contraire il n'y a de vraie rhétorique que dans cette philosophie, ainsi que l'annonçait Platon; tout le reste est du métier, et là seulement est la science.

---

# LIVRE TROISIÈME.

### De l'Élocution.

Aristote nous apprend que jusqu'à lui la doctrine de l'Élocution n'avait été qu'ébauchée. Ce témoignage prouve, ce qu'on reconnaît d'ailleurs, que les sophistes, qui avaient beaucoup travaillé sur le langage, s'étaient plus occupés de la grammaire et du nombre, ou de la composition de la phrase, que du mérite de l'expression. Dans cette partie de la rhétorique comme dans le reste, Aristote est allé au fond des choses; traitant du style comme il avait fait du raisonnement, il en a recherché les lois générales et les principes essentiels.

Ici encore la Rhétorique à Alexandre nous représente évidemment les Rhétoriques antérieures. On y trouve, au chapitre 22, ce que l'auteur appelle τὰ μήκη τῶν λόγων, c'est-à-dire l'art d'allonger ou d'accourcir à volonté l'expression et le discours. C'était un secret dont se vantaient les premiers maîtres de l'art, et dont Platon se moquait, après Prodicus. Le discours, disait celui-ci, ne doit être ni court ni long, mais d'une juste mesure. Les chapitres suivants n'offrent pas des préceptes moins puérils. Voyez, au chap. 24, les tours, σχήματα, pour exprimer ses pensées par couples, εἰς δύο ἑρμηνεύειν. Au lieu de dire simplement que vous pouvez faire une chose, dites par comparaison : Je puis telle autre chose, et je puis celle-ci également ; ou bien : Il ne peut pas cela, mais moi je le puis ; ou bien : Je puis ceci, et il ne peut pas même cela, et ainsi du reste. L'auteur ne donne que des détails de ce genre, plus que minutieux, comme on voit, et qui d'ailleurs ne se rattachent l'un à l'autre par aucun principe commun.

### Différence du style poétique et du style oratoire.

Aristote lui-même, dans le petit livre περὶ Ποιητικῆς, a écrit quatre courts chapitres sur l'Élocution ; mais il y parle moins du style en général que de ce qu'on appelle la langue poétique. Dans la Rhétorique au contraire sa première recommandation est de ne pas transporter l'expression poétique dans la composition oratoire, car autre est la langue du discours, autre celle de la poésie : ἑτέρα λόγου καὶ ποιήσεως λέξις ἐστί.

C'est de tous les préceptes d'Aristote celui dont Voltaire lui sait le plus de gré. Il le développe avec complaisance, et appuyant de cette autorité des idées qu'il a lui-même souvent exprimées pour son compte, il condamne à son aise le style de Buffon, il déprime l'oraison funèbre, il rabaisse surtout le *Télémaque*, ce rival importun de la *Henriade*. Il dit en finissant : « Rien ne prouve mieux le grand sens « et le bon goût d'Aristote que d'avoir assigné sa « place à chaque chose. » Mais la pensée du philosophe grec contient-elle toutes les conséquences que Voltaire en a tirées, et ces conséquences en elles-mêmes sont-elles bien justes? C'est ce qu'il n'est peut-être pas sans intérêt d'examiner.

Ce que dit Aristote du vocabulaire particulier aux poëtes, de ces termes et de ces formes qui sont, suivant son expression, en dehors de la langue, ὅσα παρὰ τὴν διάλεκτόν ἐστιν, n'a pas de difficultés. Chez les Grecs même, les prosateurs renoncèrent bientôt à recueillir ces débris des temps poétiques, et on voit au contraire que les poëtes eux-mêmes les rejetèrent peu à peu, jusqu'à ce que plus tard on vînt à les reprendre, comme une ressource pour être nouveau. Quant à nous, cette question ne nous intéresse pas, car nous n'avons jamais eu de langue poétique : celle qu'on aurait pu appeler ainsi était passée déjà avant que la poésie fût formée.

Mais le style peut encore être poétique seulement
par l'abondance et l'éclat des épithètes, des périphrases et des images. Cette parure, Aristote la défend aux orateurs, et ils ne s'en étonneront pas, s'ils
n'ont point oublié l'objet véritable de leur art, qui
est de conclure et de prouver. Ce n'est point par
hasard ou par convention que la parole de l'orateur
diffère de celle du poëte, c'est par la nature des
idées qu'elle remue, c'est par la source d'où elle
sort et par la fin où elle va. L'âme obsédée par des
images vives ou des sentiments passionnés, qui les
répand au dehors avec des traits de lumière et de
flamme, voilà le poëte. L'esprit pénétré de l'évidence d'une vérité, de la nécessité d'une résolution,
de la justice d'une cause, qui veut faire partager à
d'autres intelligences ses convictions et ses volontés,
et qui les contraint à le suivre dans la voie que la
réflexion lui a ouverte, voilà l'orateur. Le premier
ne veut de nous que notre émotion, nos acclama-
tions ou nos larmes; le second nous demande une
détermination positive, ou exprimée au dehors, ou
arrêtée intérieurement. Celui-ci se propose un but,
et calcule ses démarches; celui-là suit l'attrait de la
muse, et nous attire à notre tour. Il peut arriver
quelquefois que le poëte s'attache à des idées, et qu'il
développe une doctrine, ou même un système : mais
s'il ne se montre dans ses recherches plus amoureux
du beau que curieux du vrai, moins occupé d'une
argumentation qu'ému et transporté d'un grand
spectacle, s'il n'oublie les atomes et le *clinamen*
pour chanter la bienfaisante Vénus, pour pleurer

sur Iphigénie égorgée, pour rendre les joies men‑
teuses de l'amour, l'ennui profond de la vie, ou les
amertumes de la mort ; si enfin il ne se livre à ses
imaginations pour elles-mêmes et pour l'impression
qu'elles font sur lui, il n'est pas poëte. De son côté
l'orateur peut s'abandonner quelquefois à des mou‑
vements hardis et à des peintures brillantes ; mais il
ne serait plus orateur s'il se laissait ainsi distraire et
détourner de la démonstration qu'il poursuit, et à la‑
quelle toutes ses paroles doivent concourir. L'ora‑
teur est cet homme qu'une main irrésistible pousse
devant lui : en vain, il rencontre sur son passage
des prés riants et des sources pures, il ne lui est pas
donné de cueillir ces fleurs à son aise, ni de s'abreu‑
ver à ces belles eaux ; il faut marcher, et tout ce
qu'on lui permet, c'est d'en respirer en passant la
fraîcheur. Ainsi, ne confondons plus l'œuvre de
l'éloquence avec celle de la poésie ; ne nous en rap‑
portons pas aux paroles de Cicéron (*de Orat.*, I, 28),
qui accorde à l'orateur le langage presque des
poëtes , *verba prope poetarum :* ce *presque* nous
cache une grande distance, celle qu'il y a véritable‑
ment entre Cicéron et Virgile. Le plus poëte des
orateurs est Bossuet sans doute, parce qu'il mêle
une inspiration divine aux raisonnements humains ;
mais combien une oraison funèbre de Bossuet dif‑
fère encore d'une ode de Pindare ! Ne nous laissons
pas même surprendre s'il arrive qu'un grand poëte
se montre éloquent à la tribune aussi bien que dans
ses vers ; mais parlons comme parle Antoine dans le
dialogue de Cicéron : « C'est Crassus , dit-il , qui

« peut tout cela, ce n'est pas l'orateur (I, 49). » Nous
dirons de même : C'est vous qui êtes orateur, mais
ce n'est pas le poëte. Et nous recommanderons toujours à ceux qui parlent pour persuader de ne pas
mêler à la logique du discours, et à sa simplicité
efficace, cet éclat, ce luxe et ces caprices de l'expression qui font le charme de la poésie.

Mais en maintenant la différence essentielle du
style poétique au style oratoire, rejetterons-nous
avec Voltaire la prose poétique en général comme
un langage faux et impuissant ? Ce n'est pas du
moins la pensée d'Aristote, car au commencement
du περὶ Ποιητικῆς, on lit que la poésie peut s'exprimer
également en prose ou en vers, τοῖς λόγοις ψιλοῖς ἢ τοῖς
μέτροις. On ne peut nier cependant que le vers ne soit
la langue naturelle du poëte, langue plus expressive
que l'autre et plus durable : et chez les Grecs, où la
variété infinie des nombres se prêtait à tous les mouvements de l'imagination, et où chaque poésie en
naissant s'était créé son instrument à sa fantaisie, on
ne voit pas que personne ait pris la liberté d'être
poëte en prose. Aristote ne cite en exemples que les
dialogues socratiques, et peut-être les mimes ou
scènes comiques de Sophron ; mais le comique est
un genre à part, sur lequel on s'accorde aisément ;
et quant aux dialogues de Platon, malgré la poésie
de certains détails, ce sont bien des discussions philosophiques et non des poëmes. Le *Télémaque* de
l'antiquité, je veux dire la Cyropédie de Xénophon,
n'a pas non plus la forme d'un poëme, mais d'une
histoire. Il n'en est pas de même chez les modernes.

Outre la poésie ordinaire, qui s'inspire des spectacles et des sentiments du temps présent, une autre est née chez nous de la contemplation d'un passé lointain et du souvenir des vieux âges. Celle-là n'a pas trouvé dans le vers, du moins dans le vers français, une forme qui pût la rendre; elle ne s'est confiée qu'à la liberté de la prose, mais elle a donné à la prose un caractère nouveau. De même que la Bible ou Homère ne peuvent se mettre en alexandrins, de même la poésie qui s'inspire de l'esprit biblique ou homérique a besoin d'une langue qui soit à la fois antique et neuve. La prose seule peut réussir à l'être; le vers ne saurait se dépouiller d'un accent moderne qui en est aussi inséparable que la rime. C'est encore la prose qui est allée chercher la poésie à mille lieues de nous dans les forêts de l'Ile-de-France ou du Nouveau-Monde. En un mot, comme il ne faut pas espérer traduire en vers les poëtes étrangers, nous ne saurions non plus rendre en vers une poésie qui n'est pas sortie de notre sol et de nos mœurs. Milton, disait Pope, n'a pas fait son *Paradis* en vers rimés, *parce qu'il ne le pouvait pas.* Vous qui n'avez que des vers rimés, permettez donc à vos Miltons d'écrire en prose.

Je serais conduit bien loin si je voulais entrer dans plus de détails, et expliquer comment une teinte de poésie peut se mêler en certains cas à des ouvrages de toute espèce, depuis le roman jusqu'à l'histoire naturelle. Ce pourrait être le sujet d'une dissertation particulière; ici j'en ai peut-être déjà trop dit, car ce n'est pas une Poétique mais une Rhé-

torique que j'analyse. Je finirai en remarquant qu'il
n'est pas facile de déterminer ce que l'expression
peut comporter de parure, soit dans la prose oratoire, soit dans le simple discours. Qui croirait, en
effet, qu'Aristote condamne comme ambitieuses ces
métaphores : La morale est le rempart des lois ;
L'Odyssée est un beau miroir de la vie humaine ; Tu
avais semé honteusement, et tu as moissonné mi-
sérablement ? Tout cela, dit-il, est trop poétique,
et ôte au discours son naturel (chap. 3, vers la fin).
Il n'y a pas quatre-vingts ans que Voltaire portait
sur quelques phrases, nouvellement hasardées alors,
des jugements qui ne nous paraissent guère moins
sévères [1]. Nous ne sommes pas si délicats sur les métaphores aujourd'hui. Nous conclurons de là deux
choses : nous avouerons d'abord qu'il y a dans le
goût une partie relative et changeante, mais en
même temps nous reconnaîtrons qu'il est utile,
dans une époque où les traits brillants et raffinés
sont à la mode, de remonter par l'étude à la simplicité surannée des classiques, pour apprendre à se
défier d'un luxe dont on pourrait être trop ébloui.

[1] *Dict. phil.*, au mot *Français, Langue française.*
Voici quelques-unes des phrases qu'il critique :
« Il faut mettre sur le compte de l'amour-propre ce qu'on
met sur le compte des vertus. »
« L'esprit se joue à pure perte dans ces questions. »
« Je cultivais l'espérance, et je la vois se flétrir tous les
jours. »
Cette dernière phrase est de Rousseau, ainsi que quelques
autres. Voltaire ajoute : « Tels sont les excès d'extravagance où
« sont tombés des demi-beaux esprits qui ont eu la manie de se
« singulariser. »

Éléments du style ( chap. 2-4 ).

Qu'est-ce que le style? Aristote ne le définit pas expressément, mais on voit par son livre l'idée qu'il s'en fait, et cette idée n'a rien d'ambitieux. On a dit depuis : Le style, c'est l'homme ; ou plus modestement, Le style, c'est l'ordre et le mouvement qu'on met dans ses pensées; mais ces vues élevées, quelque justes qu'elles soient, sont peu pratiques, et il n'y a guère d'observations ou de préceptes de détail à en tirer. Le style, pris dans sa partie supérieure, dans ce qu'il a de personnel et d'original, et considéré comme le reflét du génie propre de l'écrivain, est évidemment incommunicable; il peut être un objet d'admiration, mais non pas un sujet d'étude. Ce qu'une Rhétorique peut analyser avec fruit, c'est la matière du style, c'est-à-dire les moyens que la langue met à la disposition de l'écrivain, et dont il faut qu'il apprenne à se servir habilement, comme un peintre de ses couleurs. C'est là, en fait de style, ce qui peut s'apprendre, et c'est ce qu'a enseigné Aristote, qui pense toujours à l'application. De même que sa théorie sur *la Preuve* n'est autre chose qu'une analyse des principes et des procédés du raisonnement, sa doctrine sur l'Élocution n'est aussi qu'une analyse des éléments du langage. C'est toujours l'observation attentive des faits, mais une observation intelligente et large, qui ne confond pas les objets dans une généralité vague, et ne les éparpille pas non plus dans

des distinctions minutieuses, mais détache et saisit
du premier coup les points principaux, et en y pla-
çant la lumière, éclaire ainsi tout à la fois.

On sait ce que c'est que les éléments du discours
en grammaire, le nom, le verbe, la conjonc-
tion, etc. Cette classification se rapporte à la langue : elle est bien vulgaire aujourd'hui ; elle était
neuve au temps d'Alexandre : Aristote, s'il ne l'a
pas faite, l'a retravaillée, et n'a pas craint de remplir un chapitre et demi de la Poétique de ces détails grammaticaux. C'est dans le même livre qu'il a
présenté une autre classification des mots, considérés par rapport au style, non plus dans leur valeur
comme signes, mais dans leur effet comme expressions. La Rhétorique nous y renvoie. Il y a, dit-il,
le mot propre, κύριον, la γλῶσσα ou mot pris hors de
la langue commune ; le mot composé, διπλοῦν, πολ-
λαπλοῦν, etc.; le mot figuré, μεταφορά; enfin l'épithète d'ornement, κόσμος ou ἐπίθετον, qui comprend
aussi ce que nous appelons la périphrase. Quelques-
unes de ces ressources ne conviennent guère qu'aux
poëtes, comme les mots doubles ou triples, em-
ployés surtout par les Lyriques, et les γλῶσσαι, dont
les Épiques font un grand usage. Pour les prosateurs, et les poëtes dramatiques, dont la langue est à
peu près celle de la prose, il leur reste, avec le
mot propre, l'épithète et l'expression figurée. Il
faut d'abord que le style soit clair, et c'est à quoi
sert l'expression propre, mais il faut aussi qu'il soit
orné, qu'il ait quelque chose de neuf, d'inaccou-
tumé, d'extraordinaire, car ce qui nous est fami-

lier ne nous touche pas ; nous ne sommes épris que
de ce que nous ne voyons pas tous les jours, θαυμα-
σταὶ τῶν ἀπόντων. Il ne faut pas que l'orateur parle
absolument comme un de nous : s'il n'y a rien dans
son langage qui nous surprenne, il sera comme le
Persan de Montesquieu quand il a dépouillé son cos-
tume ; personne ne fait plus attention à lui.

Je crois qu'on est assez convaincu aujourd'hui de
cette nécessité de mettre dans le style du relief et
des surprises, mais on oublie ce qu'Aristote recommande instamment aussi, de rester simple et naturel. C'est le moyen, dit-il, de vous faire croire :
si vous voulez être trop brillant, on se défiera de
votre style, comme on fait des vins mêlés ( ch. 2 ).
Mais qu'est-ce que le naturel en fait d'art ? c'est
que l'art ne paraisse point, διὸ δεῖ λανθάνειν ποιοῦντας.

### De la Métaphore.

On ne connaissait peut-être pas encore au temps
d'Aristote, et on ne trouve pas dans sa Rhétorique
ces longues listes de figures, chargées de plus de
cinquante noms, qui rebutent la mémoire, et
même l'intelligence, par la difficulté de saisir les
distinctions imperceptibles qui les séparent. Quelle
est par exemple, la différence précise, entre la métonymie et la synecdoque ? Il n'y a pour Aristote
ni synecdoque ni métonymie : il réduit toutes les
figures de ce genre à la Métaphore, dont il fait
l'analyse au 21ᵉ chapitre de la Poétique. Il faut
remarquer surtout celle qu'il appelle μεταφορὰ κατ'

ἀνάλογον. Quand on appelle la vieillesse, comme a fait Empédocle, le couchant de la vie, δυσμὰς βίου, c'est qu'on reconnaît qu'il existe entre la vieillesse et la vie le même rapport qu'entre le coucher du soleil et le jour. Il y a là deux rapports égaux ; il y donc, suivant Aristote, une *proportion*[1].

La définition est déjà singulière, mais il ne s'en tient pas là. Cette proportion, La vieillesse est à la vie ce que le soir est au jour, peut se retourner de la manière suivante : Le soir est au jour ce que la vieillesse est à la vie. D'où on tire cette autre métaphore, Le soir est la vieillesse du jour[2].

Aristote va même jusqu'à donner une espèce de *règle de trois*, par laquelle l'écrivain trouvera un terme figuré pour suppléer au terme simple qui lui manque. Vous direz par exemple que le soleil *sème* la lumière, quoique *semer* ne soit pas ici le mot propre; mais n'ayant pas de verbe qui soit avec la lumière dans le rapport que vous voulez marquer, vous en prenez un qui est dans ce même rapport avec la graine : οἷον τὸ τὸν καρπὸν μὲν ἀφιέναι, σπείρειν,

---

[1] Τὸ δὲ ἀνάλογον λέγω, ὅταν ὁμοίως ἔχῃ τὸ δεύτερον πρὸς τὸ πρῶτον καὶ τὸ τέταρτον πρὸς τὸ τρίτον· ἐρεῖ γὰρ ἀντὶ τοῦ δευτέρου τὸ τέταρτον, ἢ ἀντὶ τοῦ τετάρτου τὸ δεύτερον, *Poét.* 21. Ces idées sont reproduites plus brièvement dans la Rhétorique même, à la fin du 4e chapitre du livre III.

[2] *Ibid.* On sent assez que cette seconde métaphore n'est pas à beaucoup près aussi naturelle que la première, et que l'application de cette prétendue loi de retournement serait souvent très-peu satisfaisante. On peut fort bien mettre en évidence une abstraction par une image, mais non une image par une abstraction.

τὸ δὲ τὴν φλόγα ἀπὸ τοῦ ἡλίου, ἀνώνυμον· ἀλλ᾽ ὁμοίως
ἔχει τοῦτο πρὸς τὸν ἥλιον, καὶ τὸ σπείρειν πρὸς τὸν καρπόν.

Il n'y a rien de plus conforme aux règles de
l'arithmétique; cela pourrait s'écrire algébrique-
ment. S'il y a des mathématiciens qui ne comprennent pas la poésie, cette façon de considérer le
style figuré doit les réconcilier avec elle. Cependant
on n'admettra pas, et Aristote sans doute ne pensait pas lui-même, que la métaphore soit véritablement une proportion dans le sens où on emploie ce
mot en géométrie, une série de quatre termes où
le produit des extrêmes est égal à celui des moyens[1].
Mais, je n'aurais pas cité ces nouvelles subtilités du
philososophe, toutes curieuses qu'elles sont, si elles
ne cachaient quelque vérité sous l'affectation d'une
forme mathématique bizarre et fausse. Ces rapports
qu'il signale, il n'aurait pas dû les désigner par les
mêmes expressions que ceux que l'on considère
dans la science des quantités; car ils ne sont pas de
la même nature, mais ils sont réels. Il a eu le mérite
d'apercevoir, finement et profondément, que ces
deux puissances si différentes, l'imagination et le

---

[1] Qu'aurait-il dit, s'il avait lu cette phrase d'un grand poëte,
qui ressemble à une proportion toute formulée?

> Que du Seigneur la voix se fasse entendre,
> Et *qu'*à nos cœurs son oracle divin
>     *Soit* ce *qu'*à l'herbe tendre
> *Est* au printemps la fraîcheur du matin.
>
> *Athalie*, act. III, sc. 7.

Ce n'est là pourtant qu'une apparence insignifiante, une pure
rencontre de mots.

raisonnement, ont pourtant un principe commun
dans l'esprit, qui est l'association des idées : c'est
une même force, qui se prend à des objets divers ;
et voilà sans doute comment le peuple grec s'est
trouvé si merveilleusement organisé tout à la fois
pour la dialectique et la poésie, pour les sciences et
les beaux-arts.

Les préceptes d'Aristote sur l'emploi des métaphores et des comparaisons, des épithètes et des
périphrases, sont simples sans doute, mais non pas
tant que des écrivains célèbres n'y trouvent encore
à apprendre. Il est toujours à propos de rappeler
aux imaginations trop vives qu'une image, pour
être hardie, ne doit pas être indécente ou cynique
( ch. 2 ). Elle ne doit même rien présenter qui
soit désagréable aux sens, car la poésie est une
jouissance délicate qu'il ne faut pas gâter en y
mêlant les grossièretés de la vie réelle. Aristote
veut bien qu'on dise, l'Aurore aux doigts de rose,
mais non pas, l'Aurore aux doigts rouges ( *ibid.* ).
Ce n'est qu'une manière vive de nous faire entendre
qu'il ne faut pas dégrader la poésie pour la mettre
à la mode, ni remplacer le beau qui a vieilli par le
laid.

Que le style, dit encore Aristote, soit assaisonné
d'épithètes, mais que l'écrivain ne fasse pas de
cet assaisonnement sa nourriture principale ( ἥδυσμα
οὐκ ἔδεσμα [1] ). N'amplifiez pas trop votre discours,
car toute amplification produit l'obscurité. Cela ne

---

[1] Οὐ γὰρ ἡδύσματι χρῆται ἀλλ' ὡς ἐδέσματι τοῖς ἐπιθέτοις, ch. 3.

8

s'applique-t-il pas très-bien à cette poésie surabon-
dante, où la pensée est comme noyée dans les mots
et dans la molle harmonie des vers, de façon que
tandis que l'oreille est caressée, l'esprit cesse d'être
attentif, et s'endort ?

En exposant très-simplement toutes ces choses,
Aristote sait rendre son exposition agréable, tantôt
par des tours piquants, tantôt seulement par le
choix heureux des exemples, à peu près comme
Fénelon, dans sa lettre à l'Académie, a mis de l'imagination et du sentiment dans des citations. Quoi
de plus joli que cette pensée de Platon sur le plaisir
que donnent les vers ( ch. 4 ) ? Ils ressemblent, dit-
il, à ces visages, qui ont plus de fraîcheur que de
beauté : quand cette fraîcheur est passée, ou quand
la mesure est brisée, tout est changé. Au sujet du
pouvoir qu'a la parole d'agrandir ou de rapetisser
les choses à volonté, que peut-on apporter de
mieux que cet exemple de Simonide ( ch. 2, fin ) ?
Il refusait de célébrer une victoire olympique rem-
portée par un attelage de mulets ; il trouvait indigne
de lui de chanter des mules ; mais c'était pour se
faire payer plus cher ; on paya donc et il chanta.
Salut, s'écria-t-il, filles des cavales aux pieds ailés.
Cependant, reprend Aristote, elles étaient aussi
filles des ânes. Hélas ! il n'est pas de personnage si
illustre dans le monde, qui n'ait en lui du cheval et
de l'âne en même temps, et que les rhéteurs
ne puissent prendre à leur choix par un côté ou
par l'autre.

Qualités du style (chap. 5-9).

Après avoir passé en revue ce qu'on pourrait appeler les matériaux du discours ( ὁ μὲν οὖν λόγος συντίθεται ἐκ τούτων ), comme les épithètes, les métaphores, etc., Aristote s'occupe des qualités générales du style, la pureté, la noblesse, l'ἦθος, le pathétique, le nombre et l'harmonie de la période, enfin l'esprit et l'imagination. Les détails qui remplissent le chapitre sur la pureté du langage, prouvent combien la grammaire était encore chose nouvelle. Pour la noblesse du style, Aristote a vu, avant Buffon, qu'elle demande qu'on nomme les choses par les termes les plus généraux. Il recommande, pour faire impression sur l'auditeur, un moyen qui, tout rebattu qu'il était de son temps, à ce qu'il dit, est peut-être encore bon du nôtre; c'est de s'écrier, Qui ne sait qu'il en est ainsi? ou bien, Vous savez tous, Athéniens... Car, dit-il naïvement, chacun veut avoir sa part d'une opinion qu'il croit être celle de tout le monde. Nos journaux possèdent cette tactique aussi bien que les orateurs grecs.

Je ne prendrai pas parti entre Aristote et Cicéron, sur la question de savoir si le péan est ou n'est pas le pied qui convient le mieux au nombre oratoire : leur dissentiment tient sans doute à la différence des langues qu'ils parlaient. Il est plus embarrassant de s'expliquer pourquoi ce péan ne paraît guère plus que tout autre pied dans les phrases des orateurs grecs, particulièrement aux

deux places qu'Aristote lui assigne, au commencement de la période et à la fin.

## De la Période.

Aristote a donné une très-bonne définition de la
période, sur laquelle il faut s'arrêter : La période est
une phrase qui a un commencement et une fin par
elle-même ( αὐτὴν καθ᾽ αὐτήν ), et une étendue facile
à embrasser. Poussons un peu cette analyse. Si la
période a un commencement et une fin par elle-
même, indépendamment des phrases qui la bor-
nent, c'est qu'elle exprime un mouvement de la
pensée, qui a son point de départ, et son terme où
il aboutit. De l'un à l'autre, il se fait dans l'esprit
de l'auditeur une marche et un progrès, pendant
lequel la période le soutient et le mène, jusqu'à ce
qu'il soit arrivé où l'orateur a voulu qu'il fût conduit. Ainsi la phrase ne demeure suspendue que
pour faire pénétrer insensiblement au fond de l'âme
un sentiment ou une idée, qui sans ces prépara-
tions n'aurait pas le temps de faire son effet, et
n'entrerait pas aussi avant ; de manière que la période
est à elle seule un petit discours, qui a son exorde,
son développement et sa péroraison, comme le discours tout entier. Elle est un des moyens les plus
puissants dont dispose l'art oratoire : pendant que les
petits traits et les incises saccadées effleurent l'esprit
et ne font tout au plus que l'étonner, une phrase
large prépare l'impression, la fortifie et la conserve.
Dans tous les écrivains vraiment éloquents on peut

en apprécier les admirables effets : mais elle est surtout indispensable à celui qui veut remuer par la
parole une multitude. Des phrases courtes ne remplissent pas l'étendue d'un grand auditoire, et n'ont
pas le temps, pour ainsi dire, d'en faire le tour;
elles ne sauraient suffire à Bossuet prêchant dans une
cathédrale, ni à Cicéron haranguant dans le Forum.
Mais la période est pour eux un instrument magni-
fique, dont la voix pleine et retentissante porte au
loin leur parole, et en prolonge l'émotion.

Mêlant toujours l'esprit philosophique le plus
élevé aux observations les plus modestes, Aristote
explique le plaisir que nous cause une période bien
faite, par cet instinct de notre nature, qui fait que
nous voulons tout limiter et tout circonscrire. « Car
« il nous semble que nous tenons quelque chose
« quand nous avons déterminé des limites, et au
« contraire l'indéfini nous rebute en nous fuyant
« toujours '. » Cette manière de rendre compte des
formes du langage oratoire n'est pas d'un rhéteur
vulgaire. Après de pareilles réflexions, on est moins
porté à dédaigner ces secrets du style qu'Aristote
analyse ensuite complaisamment, les ἀντιθέσεις, les
παρισώσεις, etc. C'est là qu'il cite Isocrate, et qu'il
ne cite guère que lui, paraissant le considérer
comme un modèle, et sans mêler à cet hommage
aucune espèce de restriction.

---

¹ Καὶ ὅτι ἀεί τι οἴεται ἔχειν ὁ ἀκροατής..., etc., ch. 9.

De l'esprit dans le style (chap. 10-11).

On s'étonne d'abord qu'Aristote ait prétendu enseigner l'art de mettre de l'esprit et de l'imagination dans le style, tandis que personne ne s'étonne qu'on enseigne à parler ou à écrire avec pureté, clarté, harmonie. Cependant celui qui n'a pas l'esprit net ne saurait avoir des expressions pures et claires; celui qui n'a pas d'oreille, ne saura jamais flatter l'oreille d'autrui. Rien ne s'apprend en un certain sens; et, dans un autre sens, tout s'apprend, même le talent de peindre et le don de plaire : ποιεῖν μὲν οὖν ἐστι τοῦ εὐφυοῦς ἢ τοῦ γεγυμνασμένου · δεῖξαι δὲ, τῆς μεθόδου ταύτης[1].

Ce n'est pas qu'Aristote ait donné, comme Cicéron ou Quintilien, une table des *lieux* d'où on peut tirer des mots heureux et des traits d'esprit. Ses leçons se réduisent à quelques recommandations bien simples, mais qui remontent comme toujours au

[1] Je me plais à citer Voltaire commentant Aristote : « Ceux « qui méprisent le génie d'Aristote seraient bien étonnés de voir « qu'il a enseigné parfaitement, dans sa Rhétorique, la manière « de dire les choses avec esprit. Il dit que cet art consiste à ne « pas se servir simplement du mot propre, qui ne dit rien de « nouveau, mais qu'il faut employer une métaphore, une figure « dont le sens soit clair et l'expression énergique; il en apporte « plusieurs exemples.... Aristote a bien raison de dire qu'il faut « du nouveau. » Y a-t-il rien de plus piquant que cette réflexion venue deux mille ans après le texte?

Voltaire lui-même a défini, ou plutôt a décrit l'esprit d'une façon supérieure (*Dict. philos.*, au mot *Esprit*).

principe même. Ce principe, c'est que nous aimons à apprendre, pourvu que ce soit sans peine et sans effort [1]. Donc toute expression qui nous apprendra quelque chose, d'une manière facile et rapide, sera bien reçue, et aura du prix à nos yeux. Le style ingénieux tient le milieu juste entre le style nul et le style affecté. Il n'y a pas de style quand les mots n'apportent avec eux aucune connaissance nouvelle, aucun rapprochement, aucun éclaircissement, qu'ils ne creusent pas de trace dans l'intelligence, et que la parole, comme on dit fort bien, est insignifiante, c'est-à-dire qu'elle n'est le signe d'aucune idée. Si au contraire l'écrivain prétend mettre dans chaque expression une découverte et une surprise, s'il poursuit obstinément un rapprochement entre des choses très-disparates, et s'il contraint sans cesse notre attention en nous présentant non plus des aperçus à saisir, mais des énigmes à déchiffrer, il a de l'esprit peut-être, mais ce n'est pas un bon esprit. Le véritable esprit consiste à voir plus et mieux que les autres, mais seulement ce qui vaut la peine d'être vu.

Les deux moyens principaux qu'Aristote indique pour rendre le discours expressif, sont l'antithèse et la métaphore. Ce sont là en effet les signes les plus sensibles des idées : l'une les fait ressortir par le contraste, l'autre les met en lumière en les rapportant à des images. Vous avez lu quelques pages d'un plat écrivain, et vous avez senti, sans analyser

---

[1] Τὸ γὰρ μανθάνειν ῥαδίως ἡδὺ φύσει πᾶσίν ἐστι.

votre impression, qu'elles étaient vides, lâches et traînantes : relisez-les, vous n'y trouverez à coup sûr ni métaphores ni antithèses, ou vous en trouverez qui sont usées et rebattues, et qui traînent dans tous les livres, mais pas une qui soit de lui, car encore faut-il quelque force pour en trouver. Il est vrai que ces deux agréments peuvent très-bien devenir des ridicules, comme l'antithèse dans Fléchier, ou la métaphore chez tels écrivains plus modernes. C'est quand l'opposition ne porte que sur les plus petits détails de la pensée, ou qu'elle se répète elle-même inutilement, comme une roue désengrenée qui tourne toujours sans faire aller la machine. C'est quand il n'y a aucun rapport sensible ou intéressant entre une image et l'objet qu'on veut représenter par cette image : alors on prend au hasard dans le monde physique une figure, comme on prend une rime dans un dictionnaire de rimes. Mais ces abus d'esprit n'empêchent pas que la métaphore et l'antithèse ne soient les principales formes que prend l'esprit dans le style, et que ces lumières du discours n'étincellent dans l'éloquence même des Bossuet et des Pascal.

Il faut distinguer entre les images, comme Aristote, celles qui étant pour ainsi dire agissantes, ἐνεργοῦντα, nous mettent les choses mêmes devant les yeux, et représentent en quelque sorte le mouvement et la vie. La poésie n'est pas autre chose; aussi c'est Homère, *le poëte*, comme disaient les Grecs, qui lui fournit ici les exemples; mais l'orateur même, dans son enthousiasme, rencontre

quelquefois de ces traits. Qu'est-ce que cette ἐνέργεια,
ce πρὸ ὀμμάτων ποιεῖν, dont parle le philosophe, s'ils
ne se trouvent dans les paroles de Bossuet, quand
il nous peint « ces gros bataillons serrés, sem-
« blables à autant de tours, mais à des tours qui
« sauraient réparer leurs brèches ; » quand il nous
montre « cette aigle, qu'on voit toujours, soit
« qu'elle vole au milieu des airs, soit qu'elle se pose
« sur le haut de quelque rocher, porter de tous
« côtés des regards perçants, et tomber si sûrement
« sur sa proie, qu'on ne peut éviter ses ongles non
« plus que ses yeux ; » ou quand il ajoute enfin,
revenant à la réalité, et plus énergique encore dans
l'expression simple que dans les figures, « aussi vifs
« étaient les regards, aussi vite et impétueuse était
« l'attaque, aussi fortes et inévitables étaient les
« mains du prince de Condé ? » Ces passages suffisent
pour indiquer comment on pourrait publier une
Rhétorique d'Aristote commentée page à page par
des extraits de nos orateurs.

Ainsi donc, le soin de n'employer aucune expression qui ne porte quelque chose dans l'esprit, et ne
lui ouvre quelque vue ; l'antithèse, qui met en relief ce qu'elle oppose ; la métaphore, qui peint les
objets comme sur un tableau ; l'imagination, qui les
anime et les fait se mouvoir comme sur une scène ;
voilà le style, voilà le charme de la parole ;

C'est là ce qui surprend, frappe, saisit, attache.

Cette analyse, sans doute, ne saurait mettre en
nous ces dons précieux, cependant ne la jugeons

pas inutile. Elle développe le goût, et le goût est
la partie la plus humble de l'esprit, mais non pas
la moins délicate ni la moins aimable. D'ailleurs
Aristote ne le rend pas fin seulement, mais aussi
sûr et solide, en nous apprenant à ne pas nous
occuper des mots pour les mots, mais pour ce
qu'ils signifient, et en rappelant toujours l'art à ce
but sérieux, l'intelligence et le sentiment de la vérité. La vérité, c'est où doit aller l'orateur par
l'imagination comme le philosophe par la science :
apprendre, comprendre, c'est la fin de l'homme,
c'est donc aussi celle de la parole et du style. Boileau
disait :

Et mon vers, bien ou mal, dit toujours quelque chose.

Il a fait ce qu'Aristote prescrit. Ne parlez donc
pas de beau langage, de tours élégants, de phrases pompeuses, d'amplification ingénieuse, ce n'est
pas là de quoi il s'agit, mais de voir les choses
et de les sentir telles qu'elles sont. Le bon style
sera plein d'agrément et devra plaire, mais c'est
parce que plaire est de l'essence de la vérité; et
que chaque expression heureuse soulève pour
ainsi dire un coin du voile qui couvre cette évidence absolue, dont on a dit que si elle se dé-
voilait tout entière, elle exciterait en nous un inef-
fable amour.

Remarques diverses.

Je ne m'occuperai pas du reste de la Rhétorique d'Aristote, bien qu'il s'y trouve beaucoup de détails intéressants, parce que ce ne sont que des détails. Cette dernière partie du troisième livre, consacrée à ce que les rhéteurs appellent la disposition, contient des conseils et des expédients pratiques pour l'exorde, la narration, l'argumentation, la discussion et la péroraison (chap. 14-19). Ils sont très-profitables, mais il n'y a plus là de principe général ; c'est une suite de remarques fondées sur une expérience très-intelligente, et que les rhéteurs qui sont venus ensuite n'ont guère fait que paraphraser. Cependant comme les faits ne font jamais oublier à Aristote les principes, il nous avertit que cette division en exorde, narration, etc., n'est pas de l'essence du discours, qui n'a, par sa nature, que deux parties, la proposition et la démonstration. Il fait voir que la narration, par exemple, n'a pas de place déterminée et nécessaire dans le genre délibératif, et que dans l'épidictique, elle est le discours tout entier ; de sorte qu'on voit bien, comme il l'avait déjà dit, que c'est pour le discours judiciaire que ces divisions des rhéteurs ont été faites. Cela établi, il donne ensuite d'excellents préceptes pour cette narration, ainsi que pour les autres parties; préceptes toujours formulés avec netteté et précision, et débarrassés des minuties et des distinctions insignifiantes dont les avaient déjà chargés les rhéteurs.

Il va au fait, et ne dit rien qui ne serve. Ses réflexions sur les conditions diverses des trois genres, sur les différentes sortes de preuves, sur l'emploi de l'exorde, sur l'interrogation, etc., semblent plutôt d'un homme du métier que d'un philosophe réduit à la théorie.

Je ne veux pas oublier de relever ce qu'il dit, dans sa doctrine de l'Élocution (chap. 12), sur le genre particulier de style que demande un discours, suivant qu'il est fait pour les combats de la place publique, ou composé pour une lecture faite à loisir. Le discours épidictique, qui doit se lire à l'ombre d'un lieu d'étude, sera fini dans tous ses détails. Le délibératif, jeté au milieu de l'agitation d'une assemblée populaire, a besoin de traits heurtés et de larges ombres, comme une toile de théâtre ( ἔοικε τῇ σκιαγραφίᾳ ). Le genre judiciaire tient le milieu; il ne faut dans un plaidoyer ni trop d'abandon ni trop de soin. Le discours *agonistique,* comme les Grecs l'appelaient expressivement, vaut surtout par l'action, comme un drame : c'est, comme on sait, ce que Démosthène pensait aussi. Il s'accommode des tours brusques, des défauts de liaison, des répétitions fréquentes, de tout ce qui marque du mouvement et du trouble. Mais qu'arrive-t-il quand on relit tout cela à tête reposée ? ce qui semblait si beau paraît grossier et ridicule, φαίνεται εὐήθη. Ce n'est donc pas d'aujourd'hui seulement qu'on éprouve de ces mécomptes, de sorte que le discours qui a le plus échauffé une assemblée devient froid et illisible dans les colonnes d'un journal.

Mais comment s'expliquer alors ces harangues admirables de Démosthène, telles que les manuscrits
nous les transmettent, pleines, serrées, d'un dessin
à la fois si vigoureux et si correct? Ce n'est pas
assez de dire que l'éloquence de Démosthène ne
saurait se comparer à aucune, que les orateurs
anciens surpassaient tous les nôtres par l'art et le
travail, qu'ils demandaient à l'éloquence non pas seulement des succès d'un jour, mais une gloire durable, et qu'ils voulaient, comme Thucydide, que leur
parole subsistât à toujours et fût entendue de l'avenir : ce n'est pas assez si on n'admet que dans cette
vue, ils ne se contentaient pas de l'improvisation,
même la plus laborieusement préparée et la plus
sûre de sa puissance, mais qu'après que le discours
avait produit son effet présent, ils le retravaillaient
en l'écrivant pour le conserver et le répandre[1]. On
comprendra ainsi, je ne dis pas seulement l'éclat
et la sublimité de ces chefs-d'œuvre, mais ce qui
est plus difficile encore, ce goût parfait et cette
merveilleuse sobriété qui caractérise les attiques.
Quand on lit par exemple le Discours contre Erato-
sthène, de Lysias, et qu'on admire l'adresse conti-
nuelle du récit, la précision du raisonnement, et
une mesure tellement soutenue, que chaque phrase,
comme on dit vulgairement, semble moulée, et
qu'il n'y a pas un mot ni à ajouter, ni à retrancher,
ni à reprendre : pour croire que tout cela a été im-

_____

[1] C'est du moins ce qui est attesté pour les Latins : *Plerœ-
que enim scribuntur orationes habitœ jam, non ut habeantur.*
Cic., *Brutus*, 24.

provisé ainsi, il faudrait penser que l'esprit humain
n'était pas alors ce qu'il est de notre temps. La
remarque d'Aristote que je viens de transcrire
prouve le contraire. Nous penserons donc que Lysias écrivit ce morceau, et nous en dirons autant des
célèbres plaidoyers d'Eschine et de Démosthène;
cela nous fera peut-être mieux comprendre certaines particularités de ces discours. Il est bon d'ailleurs de savoir ce que coûte la perfection, et de
reconnaître que l'abeille attique n'a pas réussi sans
beaucoup de travail et de peine à former son miel si
pur.

----

## CONCLUSION.

J'ai terminé l'étude de la Rhétorique d'Aristote.
Ma tâche est remplie, si j'ai fait voir que cette
Rhétorique, la plus ancienne de toutes, est cependant celle qui a le moins vieilli, et qui demeure
encore aujourd'hui la plus utile, parce qu'elle est
établie sur des principes plus élevés et plus uni-
versels qu'aucune autre. Je conclurai en indiquant
les principaux points par lesquels elle se montre
supérieure et originale quand on la compare aux
autres Rhétoriques grecques et latines.

Tout ce que nous avons sur la rhétorique a été
écrit par des rhéteurs ou d'après des rhéteurs, en

vue seulement de la pratique du métier. Aristote est
un philosophe, et sa Rhétorique une partie de la
science de l'homme. Platon avait combattu la rhétorique vulgaire au nom de la philosophie; Aristote
les a réconciliées, et a dicté pour ainsi dire les conditions de la paix.

L'idée qu'Aristote donne de la rhétorique est la
plus vraie qu'on s'en puisse faire. C'est une dialectique du vraisemblable, une dialectique populaire,
une dialectique politique. Ainsi le raisonnement en
fait le fond, et ce raisonnement repose sur l'intelligence des opinions, des intérêts et des passions humaines. Aucune autre définition n'a fait si bien
paraître ce fond. Celle de Quintilien, que la rhétorique est l'art de bien parler, laisse trop voir
la prédilection de l'auteur pour l'élocution, qui
n'est qu'un moyen, tandis qu'il semble en faire un
but.

La théorie du raisonnement oratoire est ce qu'il
y a de plus original dans Aristote. Il est beau
d'avoir vu que la foule à laquelle s'adresse l'orateur
est conduite par trois principales idées, et d'avoir
analysé ces idées de manière à se rendre compte de
la plupart de nos déterminations et de nos jugements. Ce grand travail n'a été reproduit dans aucune autre Rhétorique.

Au lieu de quelques réflexions vagues sur la
force des passions et l'attrait de ce qu'on appelle
les Mœurs, Aristote seul a donné une analyse de
nos affections et de nos caractères, plus fine encore
que celle qu'il avait faite de nos idées. Il a complété

ainsi la rhétorique telle que Platon l'avait conçue, et il a créé une sorte d'histoire naturelle morale, plutôt développée que surpassée depuis.

Enfin sa théorie de l'élocution ne consiste pas, comme chez d'autres, ou dans des phrases éloquentes, mais qui n'apprennent rien, ou dans une énumération interminable de figures; elle est à la fois courte et pleine, et relève des mêmes principes que tout l'ouvrage. La langue de l'orateur doit être celle du raisonnement, elle exclut donc la poésie. Le plaisir qu'un bon style peut causer est de la même nature que celui que donne une logique fine et habile. Il consiste dans la perception d'un rapport, d'une ressemblance, d'un contraste, d'une limite; dans une expression qui semble proposer un problème, et le résoudre presque en même temps : le meilleur style est donc celui qui nous apprend le plus de choses, et qui nous les apprend le mieux. Ainsi la plupart des Rhétoriques considèrent l'élocution dans ses accidents et ses dehors; celle d'Aristote en marque les conditions essentielles et la fin.

J'ai donc à signaler surtout dans la Rhétorique d'Aristote :

L'esprit philosophique de l'ouvrage, et les idées générales de l'auteur sur l'éloquence et l'art oratoire;

Sa théorie du raisonnement;

Son analyse des passions et des mœurs;

Sa doctrine de l'élocution.

J'ajouterai que les parties mêmes qui se retrouvent ailleurs, comme la doctrine des lieux communs ou topiques, l'analyse des preuves dites extérieures, les détails sur l'exorde, la narration et les diverses parties du discours, paraissent encore traitées d'une manière plus lumineuse dans Aristote, soit parce qu'il est plus court et moins minutieux, soit parce qu'elles sont mieux à leur place dans l'ensemble de son ouvrage, et se ressentent de l'intérêt général qui y est répandu, et qui tient à l'unité de la pensée qui l'anime.

On a vu enfin quels renseignements pouvait fournir l'ouvrage d'Aristote, tant pour l'histoire de la rhétorique en général, que pour celle des idées et des habitudes du temps. Je n'ai pas cru que ces détails fussent absolument en dehors de mon sujet.

# TABLE DES MATIÈRES.

---

FIN.

Vu et lu,

à Paris, en Sorbonne, le 11 mai 1843,
par le doyen de la Faculté des Lettres de Paris,

J. Vict. LE CLERC.

Permis d'imprimer.

*L'inspecteur général des études, chargé de l'administration de l'Académie de Paris,*

ROUSSELLE.

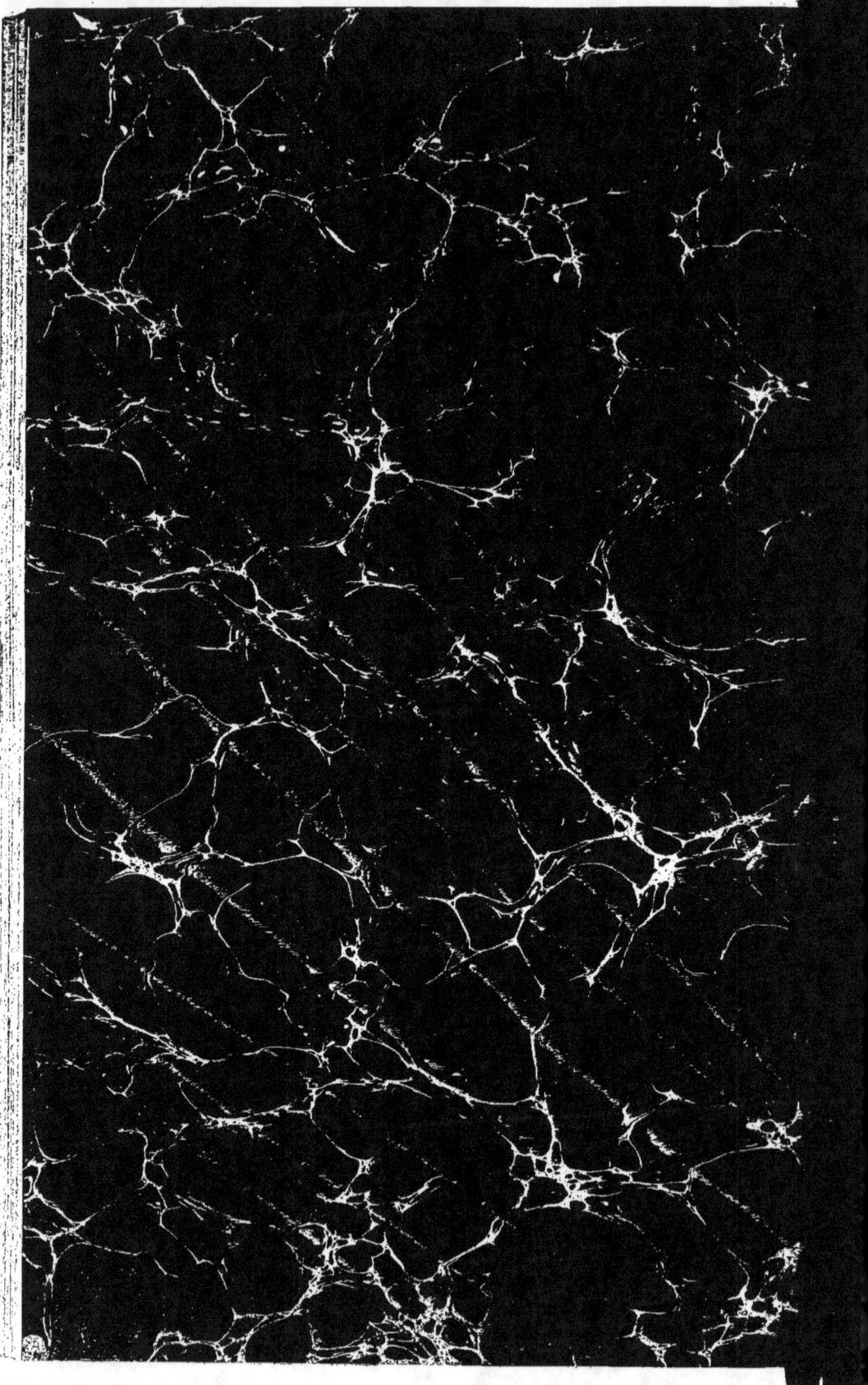

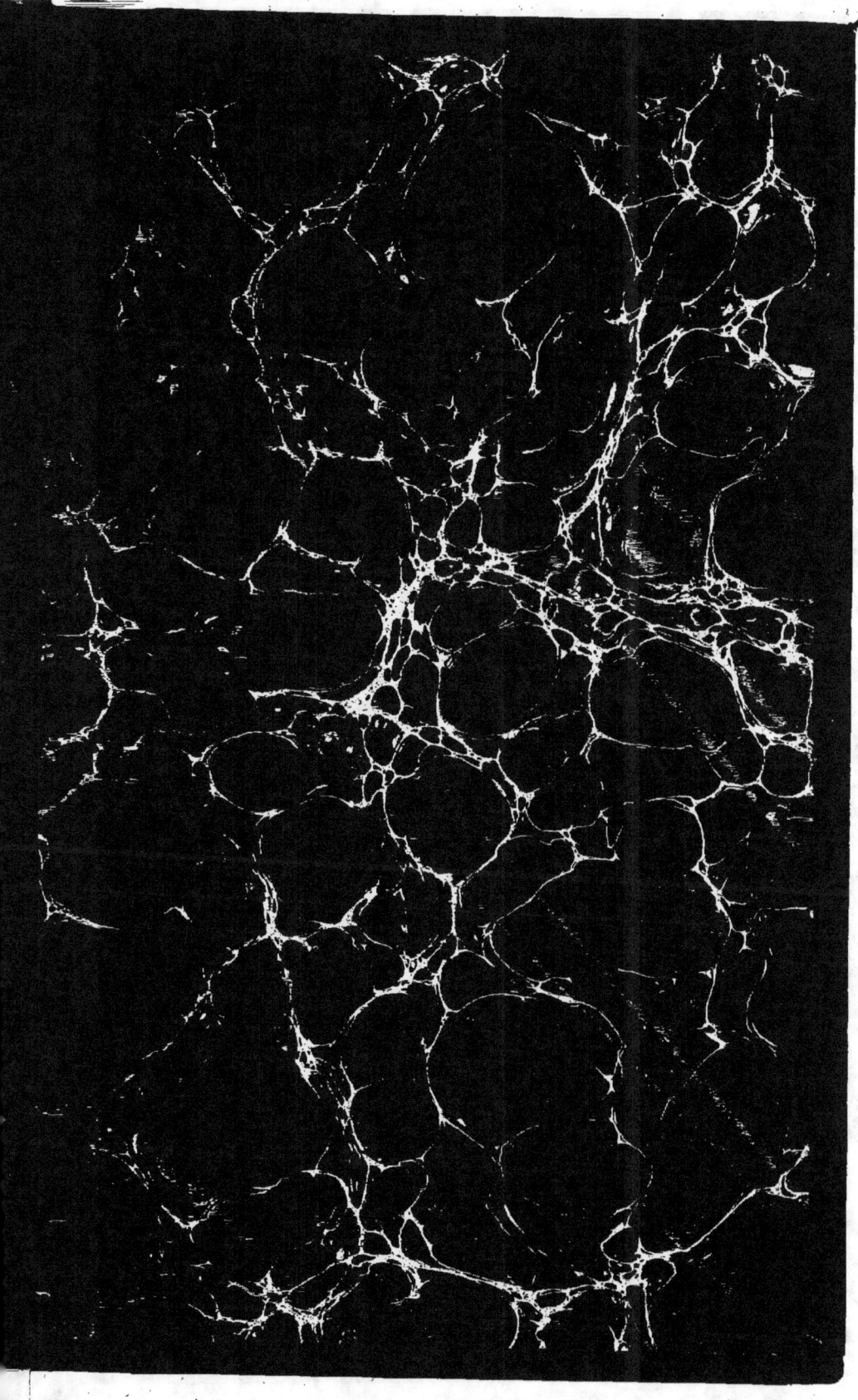